続 家康さまの薬師

鷹井 伶

潮文庫

目次

編集協力：小説工房シェルパ
装幀：Malpu Design（宮崎萌美）
イラスト：Minoru

主な登場人物

阿茶の局　瑠璃。戦のない世を目指して、家康、秀忠を支え続ける。
徳川家康　関ケ原の戦いを経て、征夷大将軍となり、徳川幕府を開く。
服部半蔵　家康の側近。終生、阿茶と家康を支え続ける。

茜　阿茶の局の侍女。

本多忠勝　家康の重臣。徳川三傑の一人。
榊原康政　家康の重臣。徳川三傑の一人。
井伊直政　虎松（幼名）。徳川三傑の一人。
本多正純　家康の側近。大御所になってからの懐刀。
石川数正　家康の重臣だったが、のちに出奔する。
茶屋四郎次郎　京の豪商。家康に力添えする。
於愛の方　家康の側室。三男秀忠、四男忠吉（福松丸）を産む。
徳川秀忠　長丸（幼名）。家康の三男。徳川幕府二代将軍となる。
茶阿の方　於久。家康の側室。六男忠輝（辰千代）、七男松千代を産む。
於福　家康の孫・竹千代（家光）の乳母。

織田信長　天下布武を目指すが、本能寺の変で、家臣の明智光秀に討たれる。
お鍋の方　織田信長の側室。落飾後は興雲院を名乗る。
羽柴秀吉　のちの豊臣秀吉。信長の仇を討ち、天下人に上り詰める。
北政所　於寧。秀吉の正室。
朝日　秀吉の実妹。家康の継室となる。
大政所　なか。秀吉の母。
淀の方　茶々（幼名）。織田信長の姪。秀吉の愛妾となり、秀頼を産む。
初　淀のすぐ下の妹で京極高次の正室。夫の死後は常高院を名乗る。
江　淀の末妹で秀忠の正室（御台所）。千姫、家光、忠長、和姫らを産む。
石田三成　秀吉の小姓から、五奉行の一人になる。関ケ原の戦いで家康と対決する。
大野治長　淀の方と秀頼の側近。
徳運軒全宗　のちの施薬院全宗。秀吉が信頼する医師。
施薬院宗伯　全宗の養子。医師として施薬院を継ぐ。
永田徳本　瑠璃の生涯の師。

続　家康さまの薬師

一　信長の死

一

天正十（一五八二）年初夏——浜松はこのところ、目にも眩しい陽の光と抜けるような空の青さが心地よい晴天が続いている。

城の一角にある薬草園では、牡丹が「百花の王」の名にふさわしく、大ぶりの美しい花を咲かせている。白、薄紅、赤……幾重にも広がった花弁が華やかだ。

「まぁ、見事に咲いていること」

ひときわ大きな花の前で立ち止まり、瑠璃改め阿茶は目を細めた。薬師になりたいと一途に勉学していた少女も三十歳を超え、牡丹の花のように艶やかな大人の女性へと変貌していた。

家康の側室となり、阿茶の局と呼ばれるようになって三年、未だ子には恵まれていないが、阿茶の中で、慈しみ合う相手がいるという安心感、充足感は日に日に大きくなっていた。戦のない世の中を造る——家康と同じ志を持ち、生きているという思いが心の底から湧いてくるのだ。

薬師として家康や周囲の人の役に立ちたいという思いも大きくなるばかりで、この薬草園も自ら進んで管理を任せてもらっていた。

毎朝、園をひと回りして、諸国から取り寄せられた薬樹や薬草に目を配るのも大事な役目というわけだ。だいたいが、打掛姿でじっとしているなど、性に合わない。昔と同じく身軽な小袖で薬草の世話をしている方が落ち着く。

それに、季節に応じて、咲き誇る花を見るのはそれだけでも楽しい。華やいだ気持ちにもなれる。阿茶はこれも養生法の一つと考えていた。

本来、薬用としてみれば、牡丹の花は不要で根の皮（牡丹皮）のみが用いられる。牡丹皮には炎症や痛みを鎮める作用があり、また血の流れをよくすることから、月経痛など女性特有の病に効く。根を太らせるためには開花させず、蕾を取り除く方がよいのだが、せっかくつけた蕾を取ってしまうのが申し訳ない気がして、阿茶はなるべく花を咲かせることにしていた。

牡丹の一群の隣には、ナツメの木が青く瑞々しい葉を茂らせている。ナツメは漢字では棗と書くが、初夏に芽を伸ばすことからナツメというのだと、阿茶は恩師の永田徳本から聞いたことがあった。その言葉通り、鋭い棘の間から、新芽がいくつも出ている。

もうすぐナツメも花をつける。花が終わった後に親指ほどの赤い実がなる。この熟した実を乾燥させたのが、本草学でいう大棗で、気を補う優れた効能を持つ。

徳川家の長として多くの家臣の命を預かり、常に重圧がかかる家康にとって、気力は重大な要素だ。それに血の色を思わせる赤い実はまさしく血を養ってくれるので、不眠や精神不安にも効果があるのだ。

「今年もいっぱい咲いておくれ」

と、阿茶がナツメの木に向かって呟いたときだった。

「阿茶さまぁ～、お局さまぁ～」

侍女の茜が大声で叫びながら、走ってくるのが見えた。

三年前、側室として専属の侍女を置くようにと言われ、固辞したのだが、下の者への示しがつかないと周囲から強く勧められ、その頃、薬茶局の下働きをしていた茜を侍女にした。

茜は少々がさつではあるが、明るく気働きができる。それに薬草に興味津々で勉強熱心なところもどこか昔の自分を思わせる。阿茶はこの娘を妹のように可愛がっていた。

「まぁ、はしたないこと。何事です」

「何事ではございません。今日は茶屋どのがいらっしゃる日だとお忘れなのですか！」

可哀そうに茜は肩で息をしている。よほど慌てて駆けてきた様子だ。

「あ、さようであったな」

茶屋とは、家康の御用商人を務める茶屋四郎次郎のことである。元は三河の出だという話で、家康より三歳下の三十八歳。頭の回転が速くよくしゃべる男で、いつもニコニコと明るく元気が良い。とにかく商いが好きらしく、京や大坂にも手広く商売を広げている。今日は頼んでいた薬草や書物を持ってきてくれることになっていた。

「そうですとも。あぁ、また、そのような格好で。薬草の世話はほかの者にお任せくださいと申し上げているのに」

のんびりと答えたつもりはないのだが、ここぞとばかりに茜が小言を言う。

「これは私が好きでやっていることだから」

「でも、叱られるのは私です」

「そうだな。すまぬ」

と、阿茶は軽く頭を下げてみせた。

「急ぎましょう。殿さまもお待ちかねでございますよ」

「コレ、それを先に言わぬか」

　阿茶は慌てて駆け出した。


　居室に戻り衣服を整え直し、茜を伴い、家康の待つ部屋へと急ぐと、家康は茶屋四郎次郎と楽しげに語らっているところであった。

「すみませぬ。遅れまして」

　慌てて謝る阿茶に、家康はわざとらしく不機嫌そうな声を出した。

「待たせるとは何事だ」

「申し訳ございませぬ」

　阿茶もわざと泣きそうな顔をしてみせた。

「どうせ薬草園にでもいたのであろう」

「はい」

「私より、薬草が大事と見える」

「さぁ、どうでございましょう」

「こやつ！」

「冗談でございますよ」

「まことか」

「はい。まことに」

と、阿茶が頷き、家康は嬉しそうに微笑む。その様子を茶屋は口をあんぐり開けて見ていた。

「茜どの、これはいつものことか」

「はい、もう毎日でございます」

茶屋に尋ねられた茜がわざとうんざりだというような顔をしてみせた。

茶屋はわざとらしく扇子を広げ、「あぁ、暑い暑い」と扇ぎ出し、茜が若い娘らしくコロコロとおかしそうに笑い出した。

気づいた阿茶が「コレ」と注意すると、茜は肩をすくめた。が、それを見ても家康は怒らず、鷹揚に笑っている。

「茶屋、それほど暑いか」

「ええ、ええ。まぁ、仲がおよろしいのは良いことでございますが」

茶屋はそう答えてから、「ご無沙汰しておりました」と、阿茶に向かって作法通り挨拶をした。

「これがお求めになられた薬と書物にございます」

茶屋が差し出した品を、阿茶はありがたく受け取った。

「いつも助かります」

「礼など。それより今日は阿茶さまに特別にご用意したものが」

と、茶屋は手を叩き、隣の部屋に控えていた者に合図を送った。

「はい？」

襖(ふすま)が開くと、そこにはきらびやかな衣装が所狭しと飾られてあった。

中央の衣紋(えもん)かけには金銀の刺繍(ししゅう)を施した見事な打掛。その前には錦の帯、色とりどりに染めた反物、小物の数々……。

「まぁ……」

阿茶は驚きのあまり声を呑んだ。茜も目を丸くし、口をぽかんと開けて見入っている。

「京から持ってまいりました。どれも都で随一の者に作らせましたものでして」

「……さようで。どおりで、どれも美しゅうございますな」

如才なく微笑む茶屋に勧められ、阿茶はようやく前へ進み出た。

「どうだ。気に入りそうか」

と、家康は心配そうに阿茶を見た。

「私が、でございますか」

「そうだ。お前が着るのだから、気に入るものでなければな」

「これなどいかがでございましょう。このお色などようお似合いかと……」

茶屋が阿茶の前に反物を広げた。

「仕立てはすぐにさせますが、できましたら、今日お決めいただければ」

「しばしお待ちください。このような贅沢なもの、私が羽織るのでございますか」

質実剛健で、普段は質素な暮らしを好む家康がこんなものを用意したことが阿茶には信じられない。

しかし、家康は「ああ、そうだ」と頷いてみせた。

「信長さまに侮られてはならぬからな」

「はい？　織田さまに？」

阿茶はどういう意味かわからず、より怪訝な顔になった。

この年の二月、家康は織田信長に加勢し、長年の懸案だった武田との戦いに決着をつけていた。織田・徳川そして北条の連合軍の猛攻を受け、武田信玄の跡を継いでいた勝頼は敗北し、自害して果てた。つまり、甲斐武田家は滅亡したのである。

この功により、家康は信長から駿河を与えられ、三河・遠江・駿河三国の領主となった。来月にはそのお礼言上のために、安土城へ向かうことになっていた。随行する供回りは三十余名で、その中には武田から徳川へ寝返った穴山梅雪も入っていた。

「そなたも連れて行こうと思う」

家康は事も無げにそう告げた。

「わ、私をですか」

「うむ。ついでに京や大坂を見物するのもよかろう」

「それは望外な。嬉しゅうございますが、しかし……」

阿茶の脳裏に、信長の不興を買い、非業の死を迎えた信康や築山御前の顔が浮かんだ。何か落ち度があれば、我が身もどうなるかわからない。いや、自分だけならよい。家康や徳川家に対して、累が及ぶようなことになれば取り返しがつかない。

「……心配するな」

家康が阿茶の胸中を読んだのか、しっかりと微笑んでくれた。

「安土のお城もそれは見事でございますが、京や大坂はそれはもう賑やかで。お局さまをお連れしたい場所がたくさんございます」

と、茶屋が重ねた。

「それに南蛮人は珍しい薬を持っておりますよ」

「おお、それよ、それ。南蛮人にも会うてみたいとは思わぬか」

「南蛮人にございますか」

「うむ。以前、信長さまに伺ったのだが、この世というのは大きな丸い珠でできているそうな。日ノ本はその中の小さな島国にすぎぬと。ようやくその島国が一つになろうとしている。内が収まれば、異国の国々とやり取りをしても、なんら臆することはないとな」

　家康の話に茶屋が嬉しそうに何度も頷いた。

「なにやら心が弾みます。海を渡り、もっともっと新しきものが入ってまいりましょうなぁ。楽しみでございますよ」

「ああ、そうだな」

「新しきもの……で、ございますか」

「ああ、ものだけではない。これから新しき世が始まる。この目で見ておきたいではないか」

　戦のない世の中を造るという志の中、織田信長と手を組み、時には無理難題を押し付けられ苦しんできた家康のことをよくわかっているだけに、「新しき世」という響きは、阿茶には感慨深いものがあった。

　共に行こうという家康に、阿茶は大きく頷いたのであった。

二

「そなたが阿茶か。よう参った」

　初めて謁見（えっけん）する織田信長は、意外にも穏やかな声の男であった。第六天魔王などと恐ろしい異名で呼ばれるとはとても思えないほど、優しい目をしている。

　豪華絢爛（ごうかけんらん）な安土城の天主の中でも特に紺碧極彩色（こんぺきごくさいしき）に仕上げられた部屋に案内されて、緊張しきっていた阿茶は、朗（ほが）らかな声で笑いかける信長に戸惑っていた。

「そなた、良き茶を淹（い）れると聞いたが、どこで点前（てまえ）を覚えた？」

「点前……あ、それは」

　信長の問いに戸惑う阿茶に、家康が横から助け舟を出した。

「信長さま、これの淹れる茶は、薬茶にございます。まぁ、抹茶も薬と言えば薬でございますが」

「であるか。ん？　抹茶も薬か？」

「はい」

と、今度は阿茶が答えた。

「抹茶には気を静めるよき作用がございます。毒消しにも用いまする」

「ほう、これは薬師のようじゃ。その方の薬好きはここからか？」

と、信長はからかうように家康を見た。

「そうか。儂も頭の良いおなごは好きじゃ。……ではおなご同士、ゆるりと過ごされよ。この鍋が相手をする」

信長はそう言うと、阿茶を側室のお鍋の方に引き合わせた。

お鍋の方は、信長がもっとも愛した側室吉乃の死後、側室になった。現在は、織田家の奥一切を取り仕切る重要な役を任されているとあって、聡明そうな女である。が、きついところはなく、明るく茶目っ気のある笑顔は温かみがある。歳は阿茶よりは五つ六つ上か、色白で羨ましいほどのもち肌をしている。

「……あそこは居心地が悪うございましたでしょ」

お鍋の方は阿茶を天主から誘い出すと、城の中を案内してくれた。

「私はどうもあの部屋が落ち着きませぬ。目がチカチカして」

お鍋の方は微笑むと目尻にふっくらと優しげな皺が寄り、親しみを増す。

「……確かに。あれほど豪華なお部屋は初めてでございました」

「良いのですよ。正直におっしゃって。趣味が悪うございましょ。でも、あそこは大のお気に入りの場所で、徳川さまのような特別な方しかお通ししません」

「……さようで」

「ええ。阿茶さまのこともかなり気にかけておいでで、丁寧におもてなしせよと、ことここは必ず案内するようにと、念を押されたり、菓子をご吟味（ぎんみ）なさったり、それはもう、大変で」

お鍋の方は信長のあたふたした様子を面白そうに話してきかせる。

意外なことを聞くと、阿茶は思った。盟友である家康はともかく、その側室である阿茶に対して、そんな気遣いをみせるとは考えてもいなかったからだ。

「……意外でございますか」

阿茶が黙っていると、お鍋の方がそう問いかけてきた。

「はい。少々驚いております」

阿茶が正直に答えると、お鍋の方は当然だろうというように頷いてから、少し寂（さび）しげな目になった。

「殿はああいうご気性ですから、悪う言われることが多うございます。けれど、お優しいところもおありなのです。上手くそれが出せず、皆に嫌われたりして……」

信長は恐ろしいとばかり思っていたが、お鍋の方にとっては愛すべき殿御なのかもしれないと阿茶は思った。

「……少し安堵いたしました」

「えっ？」

「いえ、人は皆、一面だけでは判断できぬものと、教えられた気がいたします」

阿茶が答えると、お鍋は「私が教えるなど何も……」と首を振ってみせた。

「ただ、私はもどかしゅうて。殿のために何かして差し上げたいと。私でもお役に立つことがあるのではないかと思うのですよ」

最後に通されたのはお鍋の方が普段使っている部屋だということで、庭には美しく咲き乱れた花々があり、その向こうには琵琶湖が見える風通しの良い場所にあった。

「よい眺めだこと」

阿茶は後ろに控えていた茜に向かって微笑んだ。

「はい。あれが琵琶湖にございますか。まるで海のようにしか思えませせぬ」

若い茜は見るもの全てが珍しくて仕方ないという顔をしている。

侍女の一人と話をしていたお鍋の方が戻って来た。茜は一礼して後ろに下がった。

「御膳の用意が遅れているようでございます。お待ちの間、どうぞこれを。アルフェイトウという南蛮の菓子にて。甘うございますよ」

差し出された盆の懐紙の上に載っているのは、貴重な砂糖を使った細工菓子であった。小指ほどの大きさの細い円筒形に赤や青、黄と幾筋もの色が入っている。

「まぁ、なんと愛らしい」

「どうぞご遠慮なく。ただし、固うございますので舐めるようにお召し上がりを」

「かかさま!」

と、そのとき声がして、庭から白兎が飛び出てきたように、阿茶には見えた。もちろん白兎ではなく、現れたのはくるくると愛らしい目をした五歳ばかりの幼女である。

「これ、於振、お客様にご挨拶を」

「よう、おこしなされました。織田の娘、於振にござりまする」

於振は物おじをせず、はきはきと挨拶をした。

「お邪魔しております。徳川の阿茶と申します」

と、阿茶も挨拶を返した。母親によく似た色白のぽっちゃりとした頬が可愛らしい。

「それは？　金平糖とは違うのか？」

と、於振が菓子を指さした。

「お客様のじゃ」

お鍋がすかさずたしなめた。

「すみませぬ。誰に似たのか、好き勝手をする娘で」

「父上じゃ」

と、於振が自慢げに言った。

「於振はわしに似ていると、よう仰せじゃもの」

「まぁ、この子ったら」

困ったものだと口では言うものの、お鍋の方は幸せそうだ。怒られているのかわからず、きょとんとした顔をしている於振が愛らしく、阿茶も思わず笑顔になった。

ちょうどその頃、家康も信長からの手厚いもてなしを受けていた。

このとき用意されたのは、本膳、二膳、三膳、四膳、五膳、それに菓子膳と六つの膳で、いずれの膳も五品から七品、蛸（たこ）、鯛（たい）、鰻（うなぎ）、鱧（はも）、鯉（こい）、鮑（あわび）、鴨（かも）、雉（きじ）、鶴（つる）などの豪華な焼物や汁物、珍味などが並ぶ。料理だけでなくそれを盛る皿や膳にも飾りとして金銀の箔が施されているというそれはそれは贅を尽くしたものであった。

全ての膳を一度に出すという形が取られ、家康の手の届かないところにまで、膳が広がっていた。

「ほぉ、なんとまぁ見事な」

と、家康は感嘆の声を上げた。

「これは何でございましょうな」

家康が問いかけたと察して、饗応役として控えていた明智光秀が前に進み出た。

「そちらは鮒ずしと申しまして、この辺りの名産にございまする。琵琶湖で獲れた魚と米を塩漬けにし、醸したもので、少々臭いますが腐っているわけではございません」

「ほう」

家康が箸を取ろうとすると、光秀はそのまま説明を始めた。

「鮒は雌雄どちらも使いますが、特にこの黄色い雌の卵が珍味にて、酸味、甘味、塩味が混然となった、なんと申しますか、そう、旨味があるものでして、ちょうどこの季節より、仕込みを開始し」

「……差し出がましい」

そのとき、信長が小さく声を発した。

説明に一所懸命になっていた光秀はそれに気づかぬまま、話を進めようとした。

「一年かけて醸（かも）してようよう口に入るというものにて」

「差し出がましいと言うたわ！」

突然、信長が膳を蹴（け）とばし、場が一瞬にして凍りついた。

「誰が能書きを述べよと言うた！」

慌てて這いつくばった光秀の顎（あご）を、信長はぐいっと掴んだ。

「いえ、そ、それは……」

「その方の話を聞いていると喰う気が失せる。ええい、何をとうとうと自慢げに」

と言うや否や、信長は光秀の口を持っていた扇子で二度、三度と叩いた。

ばきっと激しい音がして、扇子は折れ、光秀の口は切れ、血が出る。

家康は止めねばと一瞬腰を浮かしかけたが、側についていた石川数正（いしかわかずまさ）が家康の袖を押さえた。数正は無言のまま家康に向かって首を振り、何も言ってはならないと制した。周りを見ても、織田の家中の者も誰一人動こうとしない。何かしようにも信長の凄まじい殺気がそれを許さないのだ。

武田の遺臣で助命を受けたばかりの穴山梅雪に至っては、正視することもできず、顔面蒼白で目を伏せていた。

信長はなおも光秀の胸倉を掴み、睨みつけている。

「なんじゃ！　まだ何か言いたいか！」

光秀は可哀そうなほどに狼狽しきっていた。

「いえ、な、何も」

「お前のせいで、せっかくのもてなしが台無しじゃ！　どうやって詫びる気じゃ！」

信長は立ち上がりざま光秀を蹴り上げ、その顔を今度は足で踏みつけ始めた。

「う、うぐぐ……」

床に押し付けられた光秀を見ていられず、家康は数正の制止を振り切り、声を発した。

「どうか、どうかその辺りで。私は何も気にしておりませぬゆえ」

信長は振り返り、じろりと家康を見た。その血走っている目を直視できず、家康は気弱に目を伏せた。

「……であるか」

信長は醒めた声で呟くと、もう一度、光秀を踏みつけてから、ゆっくりと足を外したのだった。

阿茶は於振にアルフェイトウを一つ分けると、自らも口に含んだ。

「あま〜い！」

口に含んだ於振が、嬉しそうに笑い声を上げる。

「まぁ、ほんに、甘うございますな」

阿茶の笑顔を見て、於振はまた嬉しそうに笑った。それを見て、お鍋の方も柔らかな笑みを浮かべる。

「かたじけのう存じます」と礼を述べるお鍋の方に向かって、阿茶は「羨ましゅうございます」と応じた。

「徳川にも同じ名の姫がおりまする。まだ歩き始めたばかりの赤子ですが」

産んだのは於都摩の方。穴山梅雪の養女で、梅雪が武田から寝返る際に半ば人質として家康の側室となった女であった。

「私にも早う、このように愛らしい御子が授かればよいのにと」

「焦ることはございません」

「けれど……」

待てないと呟く阿茶に、お鍋の方は大丈夫だと笑ってみせた。

「私がこの子を授かったのは三十路をとうに過ぎておりました。まだまだ大丈夫でございますよ」

「はい……」

お鍋の方の言葉に阿茶が頷いたときであった。バタバタと慌ただしく廊下を人が行き来する音が聞こえてきた。

「何事か！」

お鍋の方は緊張した声を発し、一瞬で奥を仕切る主(あるじ)の顔になった。阿茶は阿茶で天主で何か異変が起きたのではと身構え、茜は阿茶を守ろうとでもするように前に進み出た。お鍋の方のもとへ一人の侍女が駆け寄り、何か耳打ちをする。

「……わかった」

「はい」

「ならば……」

それから小声で少し指図をしてから、お鍋の方は元のような笑顔を浮かべて、阿茶に向き直った。

「慌ただしいところをお見せいたしまして」

「何かあったのでございますか」

「ご心配に及びませぬ。少し怪我(けが)をした者が」

「怪我。それはどちらの。まさか」

「いえいえ、徳川さまには何の障りもございませぬ。こちらの、織田方の者が少し喧嘩と言いますか。……まことでございます。ご安心を」

家康を案じた阿茶に向かって、お鍋の方は違うと首を振ってみせた。その言葉を信じることにして、阿茶はひと呼吸して気を落ち着かせた。

「……手当をするお医師はいらっしゃるので」

近くにいないのであれば、買って出るつもりで阿茶は尋ねた。恩師の永田徳本から多少の傷の手当については学んでいる。

「はい。ちょうど徳運軒どのが来ておりますので」

「徳運軒どの？」

「元は僧侶でお名は全宗。羽柴どのの配下のお医師でございます。都で名医の誉れ高い、えーっと、ま、まな」

お鍋の方は名前が出てこないらしく、もどかしい顔になった。

「曲直瀬道三先生でございましょうか」

「そう！　その曲直瀬先生に学ばれたとか。ようご存じで」

「はい。それはもう。道三先生は当代一、朝廷にもお出入りされるご名医でございましょう。我が師からもお噂をかねがね」

阿茶は徳本から聞いていた曲直瀬道三のことを話した。

「我が師とおっしゃいましたか？」

「はい。我が師は永田徳本という名医にございます。幼い頃より、薬や医術のことなど教えを請うてきました」

「まぁ、それは」

お鍋の方はかなり驚いた様子で、目を丸くした。女の身で、薬や医術を学んだと言ったのがよほど衝撃だったようだ。

「阿茶さまはお医師なのか？」

と、於振が尋ねてきた。かなり嫌そうな顔をしている。

「私は薬師と名乗っております。似たようなものです。お医師はお嫌いですか？」

と、阿茶は尋ね返した。

「好きではない」

そう答えた於振に向かって、お鍋の方が苦笑し諫(いさ)めた。

「この前、熱を出したときに、徳運軒どのにお薬をもろうて、ようなったではないか」

「……でも、苦かった」

と、於振は拗ねたような顔になった。

「紫の雪じゃと嘘をついたし」

「紫の雪？　もしやお薬の名が紫の雪というのですか？」

聞き逃すことができず、阿茶は問いかけた。

「ええ。ほんのり薄紫色をした白いお薬でした。なので、紫の雪と書いて『紫雪』とか。よう効く薬で、すぐに熱が下がりました」

於振の代わりにお鍋の方が答えた。

「『紫雪』……」

それは阿茶にとって特別な意味を持つ薬の名である。幼い頃、行方不明の父のものとして、母から託された薬包に書かれてあった名が『紫雪』であった。

徳本からは、本物は天竺にしかない希少な材料で作られ、正倉院の宝物庫にあるだけと聞かされていた。つまりは代用品ということだが、父が作ったかもしれない薬で、貴重な手がかりであった。その阿茶の持っていた薬自体は熱を出した家康のために使ったので今はもう手元にないが、『紫雪』と記された包紙は今も大切に守袋に入れて持ち歩いている。

「どうかなさいましたか？」

黙りこくってしまった阿茶を気遣って、お鍋の方が、顔色を窺(うかが)ってきた。

「いえ。あの……」

と、阿茶はお鍋の方に願い出た。

「その徳運軒先生にお会いすることはできましょうか？」

「阿茶さまがですか？」

「はい。実は……。いえ、怪我人をどのように手当するのか。拝見させていただけたらと」

「それは……」

「後学のために、学びたいのです。お鍋さまが信長さまのために奥を仕切っていらっしゃるように、私は殿の役に立つ薬師であり続けたいので」

真剣な阿茶の願いに、お鍋の方は頷いた。

「お会いできるか聞いてみましょう。されど……手当の様子は。明智さまは怪我をおなごには見せとうないと仰せかも」

「怪我をなさったのは明智さまなのですか」

阿茶の問いかけに、しまったとお鍋の方は口を押さえた。

「……どうか内密に」

「はい。それはもう」

阿茶は頷き、後ろに控えた茜も心得ているとばかりに頷いた。

阿茶は安土に到着してすぐ、饗応役として挨拶をしてくれた明智光秀の端正な顔を思い浮かべた。穏やかで上品な顔立ちの男だった。確か朝廷の作法にも詳しいので饗応役を仰せつかったとのことで、落ち着いた優雅な立居振舞が印象に残っている。ただ、かなり神経を使ったのか、時折、瞼が細かく痙攣していたのと胃の腑の辺りを押さえていたのが気になってはいた。

無分別に喧嘩をして、怪我をするような人には見えなかったのだが……。

「では先生に少しお話を伺うだけでも」

と、願いを変えた阿茶に、お鍋の方は微笑んで頷いた。

「はい。それならば大丈夫でございましょう」

その日、宿坊となった寺に戻って来た家康の顔色は冴えなかった。

「やはり天主で何かあったのでございますか」

心配して問いかける阿茶に、家康は「奥にも知れたか」と呟いた。

「喧嘩があったと伺いました。それでお怪我をされた方が出たと」

「……喧嘩ではない」

家康は辺りを憚るように、声を落とした。

「誰にも言うなよ」

家康は渋い顔をして、信長が光秀を打擲した様子を教えてくれた。

「……そんなことが」

お鍋の方から聞いた信長の姿がまた崩れていく心地がしてきた。

「怖いか？」

阿茶は素直に頷いた。

「……お鍋さまから伺った信長さまは優しいところもおありな方のように思えました。ただ、その伝え方が不器用なだけだと。けれど、それもまた違うのかも」

「うむ。それもまた真じゃな。邪気がないように見えて油断をすると喉元を噛み切られる。かと言うて、怖いだけの人でもない」

「ともかく、殿に火の粉が飛んで来ず、まことにようございました」

「いや、わからんぞ」

と、家康は呟いた。

「えっ……」

「明智どのを皆の前で罵倒することで、私がどう出るか、試しておられた気がする。いや、そうではないか、あれは。……私や穴山どのへの牽制だったのかもしれぬな」

「殿……」

「まぁ、ともかく用心に越したことはないということだ。それより、お鍋の方は他には何か言っていなかったか？」

家康は奥の様子を知りたがった。

「信長さまのことは特には。それよりも」

と、阿茶は、『紫雪』の薬を持つ徳運軒全宗に面会を申し込んだことを話した。

「『紫雪』……『紫雪』といえば確かお前が、私のことを大馬鹿呼ばわりしたあの折の」

「はい。殿の薬嫌いを治した薬にございます」

「ほぉ、あれか。父の形見とか申していなかったか」

「父は死んだかどうかわかりませぬ。どこかで生きているかも。とにかく母はこれを持っていれば父に会えると」

阿茶は肌身離さず身に着けている守袋に手をやった。

「うむ。つまりあれだな。徳運軒に訊いてみたいのだな、父のことを」

「はい」

と、阿茶は頷いた。阿茶の手を取り、家康も頷いた。

「よし、私も会おう。会うてみたい」

三

「お初にお目にかかります。徳運軒全宗にございまする。徳川さまへのお目通りが叶うとは、この身に余る幸せにて」

礼儀正しく挨拶をした全宗はこのとき五十七歳。今や織田家で五本指に入る侍大将となった羽柴秀吉（はしばひでよし）の側近として、織田家中のみならず京でも名の上がる医師であった。

「有能なお医師だと聞いてな。どうしても話をしてみたかった」

と、家康は全宗に声をかけ、脇にいる阿茶のことを紹介した。

「これはな、阿茶という。薬にもかなり詳しゅうてな」

「お鍋の方さまから薬師だと伺いました。おなごの身でたいそうご立派なことと。どなたか良き師について学ばれたとか」

「はい。永田徳本先生より薫陶（くんとう）を受けました」

阿茶が答えると、全宗は「ほぉ」と、声を上げた。

「ご存じですか」

「ええ……ええ、まぁ。お名前だけは」

それは嘘である。全宗はかつて徳本に弟子入りをせがんだが断られ、徳本の診察記録を盗もうとしたことさえあった。しかし、そんなことはおくびにも出さず、全宗はにこやかに微笑んでいた。

「のう、一つ訊いてもよいか」

と、家康が尋ねた。

「何なりと」

「『紫雪』を処方すると聞いた。そちが作るのか」

「……あぁ、はい」

「天竺にしかない希少な素材が使われると聞いているが、どうやっているのだ」

「それはその……私なりの工夫を」

作り方は教えたくないのか、全宗は言葉を濁（にご）した。

「処方をタダで教えろというのではない。心配するな」

と、家康は笑ってみせた。

「あ、いえ、お教えしたくないわけでは」

「では教えてくれるか？」

と、家康は少しからかうように全宗の顔を窺った。

「あぁ……そのぉ、私めが作りますものなど、大した薬ではございませぬが」

「ハハハ、無理強いをする気はない。それよりも訊きたいことは他にある」

「他にとは」

「うむ、お前以外に、その薬、作る者がいるか？　それを尋ねたい」

「さて、どうでございましょう。今まで誰にも教えたことはございませぬが」

「あの……」

と、阿茶が口を挟んだ。

「これに見覚えはございませぬか」

阿茶は、守袋から『紫雪』と書かれた包紙を取り出して、全宗に見せた。かなり薄くはなっているがまだはっきりと文字はわかる。だが、全宗は無言のままだった。

「では宗助という名に聞き覚えは」

阿茶は亡き母から聞いていた父の名を口にした。

「宗助……はて」

「瑠璃の父は行方知れずなのだ。この『紫雪』という薬だけが手がかりでな」

と、家康が重ねた。

「瑠璃？」

「私の元の名でございます」

怪訝(けげん)な顔で問いかけた全宗に、阿茶がそう答えた。

「母はその薬を持っていれば、いつの日か父に会えると。ですから、父は薬師だったのではと。昔からそんなふうに思ってまいりましたので」

「はぁ。なるほど。そういうことでございますか……」

全宗はしばらく考えるような顔をしていたが、やがて首を振った。

「いやぁ、宗助なる男、覚えがございませぬな。もしやどこかで、私の薬をやったのかもしれませせぬが。とんと思い出せませせぬ。あいすみませせぬ。お役に立てず」

「いえ、良いのです。こちらこそ。おかしなことで煩(わずら)わせました」

「……戦国の世なれば、親や子とはぐれてしまう者は多いもの。どこかで生きていると思いたい気持ちもわかります」

そう言いながら、全宗は阿茶の顔をじっと見た。

「薬師如来の名を持つあなたさまなれば、親はなくとも、きっと良きご加護を得てこられたのでございましょう。これからもおそらく……」

薬師如来は正式には薬師瑠璃光如来と称する。そのことを指して、全宗は阿茶に慰めをかけた。

「ありがとう存じます」

礼を述べる阿茶に頷いてから、全宗は家康に向き直った。

「他に何かございましょうか」

「いや、手間を取らせた」

「ではこれにて失礼いたします」

作法通り一礼して立ち上がった全宗に家康は「ああ」と声をかけた。

「そういえば、羽柴どのはお変わりないか。毛利との戦、かなり手ごわいと聞いているが」

「さて、詳しいことは。戦のことはようようわかりかねまする」

全宗は家康の問いに微笑んだまままそう答えると、踵を返したのであった。

廊下に出た全宗は小さく吐息を漏らした。

「……あれがそうなのか」

初めて会ったはずなのに、見覚えがあると感じたのは、阿茶があの女に似ていたせいか――。

今の今まで忘れ去っていた遠い過去の記憶が蘇って来る。それは秀吉と出会うより前、宗助と名乗っていたまだ若かりし頃のことだ。

比叡山の薬樹院で僧医見習いをしていた全宗は、女犯の罪で山を追われた。しかも女は離れないと縋りついてきた。仕方なく連れて行き、子ができた。こんなところで終わりたくないのに、足かせに思えた。邪魔で邪魔でしようがなかった。

なのになぜか、赤子を抱き幸せそうに笑っていた顔が浮かぶ。

瑠璃と名付けたのはあの女がせがんだからだ。遠い遠い儚い記憶――。

思わず感傷に浸りそうになり、全宗は苦笑いを浮かべた。

あれは若気の至りだった。今の自分にはもう関わりのないことだ。なのについ、優しい言葉をかけてしまった。捨てた娘に憐みを感じたのか。いやいや、違う。父と名乗る方が良かったか。さすれば徳川とも密接に縁を結べたか……。

「いや、二兎を追う者は一兎をも得ずだな」

全宗はそう独りごちた。

秀吉と知己を得てから、共に上を目指して来た。秀吉の強欲さは、わかりやすく御しやすいものだ。だが、家康の考えは読みにくい。女の好み一つとっても、秀吉は高貴な生まれと若さを好むが、家康はそこには何の価値も見出さないようだ。

「聡いおなごなど、面倒なだけだ」

全宗は過去への思いをぶった切るようにそう呟いたのだった。

織田信長がかつては友好関係にあった毛利輝元と敵対するようになって、既に六年の歳月が流れていた。毛利家は安芸の守護大名だが、この頃には東は播磨、但馬、因幡、美作、備前、備中、備後、西は周防、長門、北は出雲、隠岐、石見、南は四国讃岐と、中国地方一帯に勢力を広げており、強大な水軍も有し、しばしば信長を脅かす存在になっていた。

下っ端の草履取りから侍大将へと異例の出世を遂げていた羽柴秀吉は、天正五（一五七七）年より、信長の命を受け、中国征伐を試みていた。途中、摂津の荒木村重の離反などで手こずりはしたものの、天正八（一五八〇）年には播磨但馬を平定。播州姫路を拠点として、さらに西国へと兵を進めていた。

そしてちょうど阿茶と家康が信長の誘いを受けて安土に赴いていたときには、毛利方の勇将清水宗治が守る備中高松城（岡山県岡山市）で戦の真っ最中であった。

備前と備中の国境に位置する備中高松城は川の中州にあり、三方が深い沼、残り一方も水堀という沼城であった。三万の大軍を率いる秀吉だったが、沼地には足を取られ、火縄銃は湿気で使い物にならない。宗治の兵は五千、力では圧倒的優位なはずの秀吉軍だったが、なかなか優位に戦いを進めることができずにいた。

うかうかしていると、毛利からの援軍がいつ来るかわからない。攻めあぐねた秀吉は信長に援軍を要請すると同時に、一計を案じた。それはこの地形を逆手に取った水攻めであった。

折しも梅雨が始まろうとしていた。秀吉は大号令をかけて工事を推し進め、わずか十日ほどで城の周りに長大な堤（つつみ）を築き上げた。そして頃合いを図り、止めていた川の堰（せき）を切ったのである。

降り続く雨も相まって増水していた川は怒涛（どとう）のごとく城へ襲いかかった。低地にあった侍屋敷は水没、城は水に浮かぶ孤島のありさまになったのだった。こうなれば駆けつけた毛利軍も近寄ることができず、補給もままならない。

兵糧攻めは秀吉の得意とするところで、播磨の三木（みき）城、因幡の鳥取（とっとり）城で既に成功済みで、後は時間の問題となっていた。

全宗から安土の様子を知らせる手紙が届いたのは、ちょうどその頃のことだった。

「……これはもしかしたら、ひょっとするかもしれぬな」

読み終えた手紙を火にくべながら、秀吉はそう呟いた。

信長の発火点がどこにあるか、草履取りからずっと傍（そば）で信長を見てきた秀吉には容易に推測がつくようになっていた。

中国攻めに駆り出されてからというもの、秀吉は信長の駒として動くことに少々疲れ始めていた。戦上手として重宝されるのはありがたいが、それだけでは疲弊（ひへい）してしまう。歳を取ったこともあるが、いかに労力を使わず、旨味のある立場を得ることができるか。どんなにさもしいと思われようが、それが大事だと考えるようになっていたのである。

そういう目で織田家中を眺めると、明智光秀の存在が気にかかってしようがなかった。光秀が織田家中になってまだ十年にもならない。室町幕府最後の将軍・足利義昭（あしかがよしあき）の家臣から鞍替（くらが）えした男であった。都に広い人脈と持って生まれた品のようなものがあり、そのどれも自分にはないものと秀吉にはわかっていたが、いきなり重臣となり、我は清廉潔白（せいれんけっぱく）だと言いたげな振舞も気に食わなかった。

ただ光秀にも弱点はあった。何かにつけ自分が一番賢いと思っている節がある。

案の定、信長が京への上洛を果たすと、光秀はあらゆることに口出しし始めた。当初、信長はじめ家中の者はみなそれをありがたがっていた。しかし、秀吉の目から見れば、信長は少しずつ苛つきを強めていた。光秀は光秀で、叡山焼き討ちのように仏敵となるのを構わず、帝に対しても畏怖の念を持たない信長への嫌悪感は隠せないようで、信長に面と向かって「天下人たるもの」と馬鹿正直に苦言を呈するようになっていた。

いずれの堪忍袋の緒が切れるのが早いか——忠臣としては、光秀を抑え、信長を立てるのが筋だろうが、秀吉はこの件に関してだけは注意深く窺うことを選んでいた。

ぐるぐると歩き回り、何度も頷きながら爪を噛むのは、秀吉があれこれ算段を考えているときの癖である。四十半ばを過ぎて、それなりの貫禄もついているとはいえ、この癖とせっかちな性格は変わらない。

脇に控えていた石田三成は何か命が下りたらすぐに動けるように身構えていた。三成はこのとき二十三歳、小姓時代から頭の回転が速く、気働きもでき、秀吉に可愛がられていた。

「なんじゃ」

腰を浮かせぎみの三成を見て、秀吉が尋ねた。

「いえ。何かあるのかと」

「うむ。あるといえばある」

秀吉は謎めいたことを言い、にやりと笑みを浮かべた。

「はい?」

「事が運ぶのが早くなるかもしれぬ。さすればじゃ」

益々(ますます)何を言っているのか、わからないが、三成は秀吉の指示を待った。

「のう、三成、京まで何日あれば戻れるであろう」

「馬を乗り継ぎ三日もあれば行くとは存じますが」

途中何度か馬を乗り継ぎ、昼夜関係なく駆ければ、一日でも可能かもしれないが、一応余裕をみて、三成はそう答えた。

「いや、全軍ならどうじゃろう。姫路まで二日として……そうじゃなぁ、七日もあれば戻れるかのぉ」

「全軍……三万の兵を連れて、急ぎ戻らねばならぬことがあるということでございますか!」

だが、秀吉は三成の問いには答えず、「馬に乗れぬ者の方が多いからなぁ。さて、飯をどうするかじゃな」と独り言のように呟いた。

こういうときは、ぐだぐだ理由など聞かず、とりあえず京へ急ぎ戻るための準備をすればよいのだ。それを秀吉は望んでいる。

「お任せください」

そう告げて、三成はその場を辞したのだった。

四

安土にいた信長は秀吉からの援軍要請を受けると、光秀にすぐさま備中の秀吉のもとへはせ参じるように命じた。

このとき織田家筆頭の柴田勝家は北陸で上杉に睨みを利かせており、二番手の丹羽長秀は信長の三男信孝の補佐として四国征伐の準備に入っていた。信長が中国行きを光秀に命じるのは自明の理であったが、光秀にしてみれば饗応役を解かれたばかりか、格下の秀吉に従うように命じられた屈辱的な命令だった。

信長はさらに自らも中国出兵準備のために京に向かうと家康に話した。織田家の家督は既に嫡男信忠に譲っていたが、天下統一は我が手で成し遂げるという考えだった。

「では私も」と、家康は助力を申し出た。今回、家康はわずかな供しか連れておらず、一旦浜松に戻り兵を整える必要があったが、後少しで天下統一がなると思えば、苦にはならない。いつでも応じる覚悟であった。

だが、信長は「それには及ばず。この度はゆるりと過ごされよ」と、織田勢だけで毛利勢を抑え込めると笑った。さらには、家康に堺見物を勧め、案内役として二人の重臣を付ける余裕もみせたのであった。

こうして家康一行が京大坂を経て、堺に入ったのは五月の末のことで、このときも穴山梅雪が一緒であった。

堺は摂津（兵庫県南東部・大阪府北西部）、河内（大阪府南東部）、和泉（大阪府南西部）の境に位置し、仁徳天皇陵をはじめ百数基の古墳を有する歴史ある町である。

鎌倉時代には漁港として発展、大坂湾に面する大きな湊があり、湾の前方には海を挟んで淡路島、右手は須磨、兵庫と摂津の国々をぐるり見渡すことができた。左手には泉州、そして紀州加太の岬が外洋から守るように飛び出ており、穏やかな波の合間を行き来する大型の船が何艘も見えた。

当時の堺は、納屋衆、会合衆と呼ばれる商人の自治組織によって運営されており、明や南蛮との交易の窓口となる商都であった。納屋衆たち豪商は、強大な資金力を武器に、湊以外の南、北、東に濠をめぐらせて町を囲み、一種の要塞都市を造り上げていた。このため、宣教師の中には『東洋のヴェニス』と呼ぶ者もいたほどである。

このとき家康一行を出迎えたのは、信長配下の松井友閑（まついゆうかん）であった。友閑は堺代官として商人たちとの折衝（せっしょう）役ともいえる立場にあり、また茶の道にも通じる文化人で、六月一日には、会合衆による家康歓迎の茶会も開かれることになっていた。

茶会当日、阿茶は家康に願い出て、茜を連れて町の市見物に出かけることにした。町は噂通り活気に溢れていて、市には様々な渡来品が並ぶ。ビードロ（ガラス）の小瓶や飾り物、織物、細工物、どれもこれも珍しいものばかりで、阿茶や茜を喜ばせた。

「ご覧ください！　お局さま。あれがビードロでございましょう。なんとまぁ美しい。あ、こちらには薬草が」

人ごみの中にぐんぐん入っていく茜につられて、阿茶もついつい夢中になり、友閑がつけてくれた案内人とはぐれたのにも気づかずにいた。と、そのときであった。

「イテ！　いててて！」

背後でいきなり大げさに痛がる声がした。驚いて振り返ると、物売りらしい男が背の高い編み笠を被った武士に腕を取られ、後ろにねじ上げられたところだった。

悲鳴を上げた男が握っているのは、見覚えのある巾着袋だ。

「あっ、それは」

茜に預けている金子の袋だ。阿茶は茜を見た。茜も慌てて懐を探っている。

「ど、どろぼう！」

と、茜が声を上げた。その声と武士が男に一発蹴りを入れたのが同時になった。うぐっと呻いて男は蹲り、武士の連れがそれを素早く取り押さえる。

武士はおもむろに、巾着袋を拾い上げ、ぱっぱと砂を払ってから阿茶の前に差し出した。

「お気をつけなさいませ」

編み笠を深々と被っているが、その声に阿茶は聞き覚えがあった。

「そのお声、もしや……」

「不用心が過ぎますぞ、阿茶さま」

そう応じながら編み笠を取ったのは、やはり服部半蔵であった。幼い頃から家康の側近として、また阿茶のことも助けてくれていた半蔵は、今や徳川家の重臣の一人として欠かせない存在になっている。今回の安土訪問の供の中にいないのが、阿茶にとっては寂しく、不思議でならなかったのだ。

「茜、お前がついていながら、何事だ。しっかりしろ」

言葉はきつくても半蔵の目は相変わらず優しい。

「すみませぬ……」

叱られて首をすくめた茜も、すぐに嬉しそうな笑顔になった。

「こちらへはお越しになられぬのかと思うておりました」

「少し用を片付けておりました」

と、半蔵は阿茶に向かって頭を下げた。

「ここからお帰りまではご一緒させていただきます」

「それはようございました。京へ戻ったら、茶屋どのが祇園(ぎおん)祭を見せてくださるそうですよ」

と、茜が半蔵に向かって弾んだ声を出した。

明日は堺を発ち、京の茶屋四郎次郎の屋敷に逗留して、四日に出陣する信長を見送る。そして七日の山鉾(やまぼこ)巡行を見物してから三河に戻るという予定になっていた。

「ほぉ、それは楽しみだな」

半蔵は妹を見るような優しい眼差しで茜の相手をし、茜はぐいと首を伸ばして、半蔵を見上げている。その様子を見ているうちに、阿茶は懐(なつか)しい思いにとらわれた。家康の側室になってからというもの、半蔵とはどこか距離が空いてしまっていたが、今日ぐらいは昔のように過ごしたい――。

「何か……」

と、半蔵が心配そうに阿茶を見た。

「いえ。ちょうどよかった。半蔵さまがいれば安心じゃ。荷物も持ってもらえるしな。茜、もう少しお買い物をして帰りましょう」

「はい！　よろしいのですか。ではお願いいたします」

「おい、おい待て。私がこれを持つのか」

あきれたと苦笑いを浮かべる半蔵を供にして、阿茶はその日一日、堺見物を楽しんだのであった。


異変を感じたのは翌六月二日の早暁（そうぎょう）のことであった。

うぉぉぉ……うぉぉぉ、遠くから海鳴りのような音がして、阿茶は目を覚ました。辺りはまだ暗く、起きるのには早い時刻のことである。

音は隣で横になっていた家康が発していた唸（うな）り声であった。何か悪い夢でも見ているようで、寝汗もひどい。阿茶が起こそうとしたそのとき、「うわぁあ」とひときわ大きな声を上げて、家康が目を覚ました。

「殿……」

心配して声をかけた阿茶に、家康は「嫌な夢を見た」と告げた。

「山の中で逃げ惑っていた。そちが突然消えて焦って……」

「私ならここにおります」

「だな」

家康は阿茶を見て、少しほっとしたように笑った。気疲れが続いているせいかもしれない。

「お目覚めの時刻にはまだ間がございます。もう少しお眠りになったら」

と、阿茶は二度寝を勧めたが、家康は首を横に振った。

「いや、少し朝の気を浴びた方がよさそうだ」

そのまま家康は起き上がると、本多忠勝(ほんだただかつ)を呼び、念のため、先遣隊として京への道中を確認するように命じた。

「虫の知らせということもあるからな」

胸騒ぎがするという家康に、阿茶は気力を補い不安を和らげるように、大棗(たいそう)を多めに使った薬茶を勧めたのであった。

その後、家康一行は予定通り堺を発った。道中何ごともなく、大坂の南、河内の飯盛山近くまで来たときであった。先に発っていた本多忠勝が、京で待っているはずの茶屋四郎次郎を連れ、慌てた様子で戻って来た。

「殿、一大事にございまする！　明智が、明智が……」

徳川家中でも剛の者として知られる忠勝が、悲壮な顔をしている。茶屋にも普段の明るい表情は全くない。髪はばらけ、衣服も乱れ切り、必死に馬を飛ばしてきた様子が窺えた。

「明智が何とした」

「織田さまが……信長さまがご謀叛に遭われました」

茶屋の一声は、家康たちに凄まじい衝撃をもたらした。重臣たちは言葉もなく、織田家の家臣で案内役をしてきた長谷川秀一、西尾吉次の両人の顔からはみるみる血の気が失せていった。家康の傍らでは阿茶が胸に手を置き、必死に動悸を抑えている。

家康はわざとゆっくり呼吸すると、茶屋に落ち着いた声で問いかけた。

「信長さまはご無事か」

茶屋は首を振った。

「わかりかねます。本能寺は火の海にて。火薬の臭い、煙、怒号……都大路は混乱の極みでございました」

「明智の手勢は一万三千はおりましょう。対して信長さまは百、いや五十おるかおらぬかでは。いかに信長さまとて寝込みを襲われたとしたら、勝ち目はありますまい」

そう冷静に口を挟んだのは、石川数正であった。数正の言う通り、信長はこれから出兵を整える予定で、本能寺に入ったときは小姓衆ばかりが脇を固めていたはずだ。ちょうどそのとき、信長の長男信忠も京の妙覚寺に入っていた。そこには数百の手勢がいるはずであった。

当時の寺は一つの要塞とみなすことができた。中でも本能寺は高い塀と堀で囲われた堅固な造りになっていて、信長はこれを好み、京での滞在では何度も使っていた。そこに油断があったと見ることもできた。

「明智のことゆえ、信忠さまの御座所へも手抜かりなく兵を進めておりましょう」

「おっしゃる通りかと。都の至るところに桔梗紋が翻っておりました」

桔梗の家紋が入った旗は明智軍を示す。数正の予想は当たっていると、茶屋は言うのである。

「そうか、よく抜け出せたものだ。この恩は忘れぬ」

と、家康は茶屋をねぎった。

「もったいないことを。一刻も早うお伝えせねばと。その一心にて」

そう応えた茶屋に、阿茶も深々と頭を下げた。

「……殿、いかがなさいますか」

数正が家康を見た。

「一戦交えますか。柴田どのは北陸、丹羽どのは確か、今頃淡路へ向かっておいでのはず。明智を抑える者は我ら以外おりませぬぞ」

血気盛んな忠勝が今にも槍を手に駆け出しそうな勢いをみせると同調する者もいた。が、沈着冷静な数正が珍しく声を荒らげた。

「馬鹿者。わずか三十余名。この手勢で何ができる」

「しかし！　何もせず逃げ帰るなど、三河武士の名折れ」

「待て」と、家康は制した。

「長谷川どの、西尾どの、どうなさりたい」

家康の問いかけに、織田家の二人の家臣は素早く視線を交わし、すぐにこう答えた。

「我らは主より、徳川さまのお命をお守りするよう、きつく命じられております」

「ここでご一行さまを危難に遭わすようなこと、けっして殿はお許しにはなりませぬ。三河の地まで無事にお送りするのみ」

両名の目にはうっすら涙が浮かんでいる。すぐにでも取って返し、光秀を討ちたいだろうに、その思いを抑えて使命を口にしたのが痛いほど伝わってくる。家康はふーっと息を吐くと、家臣たちが固唾をのんで見守る中、静かに目を閉じた。

——二人で力を合わせれば怖いものはない。日ノ本を戦のない世にできる。

そう語った信長の顔が浮かんだ。信長はこうも言っていた。

——戦のない世になれば、誰もが笑って暮らせる。一日中、のんびりと空を眺めていられる。

「後少し、後少しであったに」

信長は家康にとって、築山御前や信康を殺させた仇ともいえる人物だったが、一緒に戦のない世を造ろうという約束だけは守ってくれていた。家康にとって、何よりもそのことが乱世を生き抜く原動力だったのだ。

その志をここで終わらせてよいわけはなかった。

「……確かに。今の我らでは勝ち目はない」

家康は目を開けると、傍らの阿茶に少し眼差しを向けてから皆にこう告げた。

「三河に戻り、態勢を整え、信長さまのご無念を晴らす」

「はっ」

家康の決定に家臣一同が頷いているのを見て、阿茶はぎゅっと唇を嚙み締めた。

周囲の視線が痛い。誰も何も言わないが、この身が足手まといになるのは必定だ。阿茶の横では、茜も同じ思いなのか、細かく震えているのがわかった。阿茶はそっと茜の手を握り、心配するなというように微笑んでみせた。どういうことになろうとも、守ってやらねばならない。

「殿、ここよりどのような道のりで、三河に戻りましょうか」

数正がそう問いかけた。

天下平定は目前とはいえ、京大坂でも信長を恨み、反旗を翻したい者はまだ大勢いた。明智勢以外にもここぞとばかりに、残党狩りが始まるのは目に見えていた。

また、信長を畏れ黙っていた者は武士だけではない。この時代、常日頃はおとなしい百姓らが落ち武者狩りと称して、敗走する者たちを寄ってたかって殺害し、金目の物を奪い取ることはごく当たり前に行われていた。

暴徒と化した者たちが何をするか――詳しく聞かされなくても、阿茶にはそれがどういうことかよくわかっていた。

「それよ。どう行くがよいであろう」

家康の問いに、織田家の二人の家臣は悩ましい表情を浮かべた。

「堺に戻り船に乗りたいところでありますが、道中引き返すのは得策とは言えませぬ」

光秀は家康が手薄なことも居場所も心得ている。信長の盟友である家康をこの機に潰そうと考えるのが当然で、堺にも追手を送るのは必定であった。

ここから陸路でなら、京の南の宇治を目指し、近江を経由し東海道で帰国するのが一般的である。だが、京に近寄れば明智勢に捕まる危険性が増すし、近江の西は明智の本領でもあった。それに東海道では日数がかかってしまう。

「伊勢より三河湾へと向かう船に乗るのがよろしいのでは」

茶屋は、伊勢大湊で廻船業を営む角屋七郎次郎であれば、協力を頼めるはずだと言った。確かにそれは陸路より早そうに思えた。だが、そのためには、大和（奈良）か、伊賀を抜ける必要があった。

「大和はいけませぬ」

数正が首を振った。大和を支配する筒井順慶は光秀と仲が良かった。機に聡い順慶が黙って通すとは思えない。元来た道を戻る必要もあり、それだけ日数がかかる。

「これより宇治田原を抜け、まずは甲賀の多羅尾を頼るのがよろしいかと」

と告げたのは長谷川である。甲賀衆である多羅尾光俊は織田方の味方であった。その多羅尾の息子は宇治田原城にいて、長谷川とは旧知だという。

「それはよいが、その道の先には伊賀がある」

数正が渋い顔をした。数年前から伊賀平定に乗り出していた織田軍は、一年前には五万（一説には十万）の兵で攻め込み、村々を焼き払い、女子供を含む三万人もの伊賀衆を殺害した経緯があった。一応の和睦はあったものの、恨みは強く残っているはずで、こちらもとてもではないが、無事に通れるはずがない。だが、どこかで伊賀を越えなければ伊勢にはたどり着けないのも明らかであった。

重苦しい空気が漂いかけた。すると、それまで黙っていた半蔵が一歩前に進み出た。

「伊賀でしたら、私に手蔓が」

半蔵の先祖は代々伊賀の忍びの長であった。父・半三郎の代にその腕を買われ、伊賀を出て、家康の祖父に仕えるようになったのだった。

「しかし容易くはなかろう。頼めるのか」

伊賀衆がどれほど織田を憎んでいるかは家康もよく承知していた。が、家康の問いに半蔵は頷いた。

「徳川は織田とは違う。それをいかにわからせるかでございます」

「失礼ながら、ここに銀ならございます」

と、茶屋がかき集めてきたであろう袋を差し出した。

「むろん、それも必要となりましょうが」

金だけではない——そう言いたげな半蔵に家康は深く頷いてみせた。

「わかった。徳川は今後一切伊賀には手を出さぬ。必ずそう約束しよう。他にも望みがあるならば聞かずばなるまい」

「そうと決まれば、ともかくここを動きましょう。後の策は道々」

と、数正が促した。

「……私はここで失礼した方がよさそうですな」

そう言葉を発したのは穴山梅雪であった。武田方から寝返ったばかりの梅雪にしてみれば、家康と共にいるよりも別に動いた方が安全に思えたのであろう。

「好きになさるがよい」

と、家康は答え、梅雪はその場を離れていった。

「私たちはどうすれば」

と、阿茶は尋ねた。

「なるべく物は捨てていくしかない。身軽にな」

「お連れいただけるので」

「当然じゃ」

家康の答えを聞くや否や、阿茶は「御免」と一言告げて、懐刀を取り出した。

「な、何をする気じゃ」

「どなたか、袴を。男の成りをいたしませぬと」

自害する気かと慌てた家康に首を振ってみせると、阿茶は自らの長い髪を切ろうとした。

「そこまでせずともよい」

家康が阿茶の手を止めると、半蔵が「失礼仕る」と言うや、その大きな手で阿茶の顔に泥を撫でつけた。

「な、何を……」

「これでようございます。さ、茜も泥をつけろ」

阿茶と茜は手早く着替えを済ませた。髪は短くまとめて括り上げ、汚れた小袖と袴に身を包むと、家康が笑い出した。

「ああ、これはよい。まるで童っぱのようじゃ」

他の家臣たちも笑い、茶屋にも笑顔が戻った。

「よし、行こう。誰一人欠けず、無事に三河に戻るぞ」

「はっ！」

家康の声に皆が息を揃えた。

家康一行は長谷川が勧めた通り、ひとまず宇治田原を目指すことにした。途中、落ち武者狩りと思しき連中に遭遇しかけたが、なんとか藪(やぶ)の中に潜んでやり過ごし、あとはただひたすら歩き続けた。

その日は宇治田原城に宿泊、翌日には甲賀小川(おがわ)城を目指した。

阿茶と茜にとっては厳しい道のりであったが、二人ともこれまで薬草取りなどで幾度となく山歩きをしていたことが幸いした。

「よいものがあった」

阿茶は、血止め草を見つけると、藪で転び、傷を負った茜に与えた。揉(も)んで傷口に塗りこむと血が止まる。

「お局さまこそお使いを」

と、茜に言われて初めて、足の血豆が潰(つぶ)れていることに気づく始末であった。

また、胃痛を起こした家臣には、延命草(えんめいそう)の汁を飲ませた。延命草は弘法大師(こうぼうたいし)が行き倒れになった旅人を救ったという逸話もある薬草であった。

「少々苦うございますよ」

「……助かり申した」

礼を言う家臣を見て、家康も「お前がいてくれて助かる」と言ってくれた。

信楽（しがらき）を見渡す小川城で出迎えた多羅尾光俊は、家康の窮状を聞くとすぐさま助勢を申し入れてくれた。道案内はむろん、甲賀衆を護衛につけてくれたのである。

一方、半蔵は休むもなく伊賀へとひた走っていた。伊勢の白子浜（しろこはま）を目指すのであれば、桜峠（さくらとうげ）から伊賀に入り柘植（つげ）を通り、伊勢へと抜けるのがもっとも早い。

夜のとばりがおりても走り続け、雨乞山（あまごいやま）辺りまで来たときであった。ほぉーほぉー、梟（ふくろう）が鳴く声がした。半蔵は用心深く歩を緩めた。気配を消して来たつもりだが、見つかってしまったらしい。

そう思った刹那（せつな）、シュッと闇を切り裂くように、矢が飛んできた。あわやというところで、半蔵は身を躱（かわ）した。それを皮切りに、二の矢、三の矢と次々、矢が半蔵に襲いかかってきた。夜目でもここまで弓矢を正確に使える連中は限られている。

「そこにおるのは清兵衛（せいべえ）か！」

次の矢を躱して、半蔵は叫んだ。

返事の代わりに、藪の中から数人の仲間を引き連れた男が現れた。

「そういうお前は半蔵だな。お前がここにいるということは、信長が討たれたというのは本当のことらしい」

清兵衛は半蔵の遠縁にあたる。本能寺のことは既に耳に入っているようだ。

「会うたのがお前でよかった。達者でおったか」

「これを達者というのであればな」

清兵衛の顎から耳にかけては赤黒く酷い刀傷がついていた。あと少しずれていれば首は飛んでいたことだろう。

「頼みがある」

と、半蔵は切り出した。

「……ほうぉ、まさか家康を通せとでも言う気か」

「話が早いな」

「この地がどういう場所かわかって言っているのだな」

「ああ」

相対している清兵衛とは別に背後からも脇からも殺気が一気に増幅していく。雨乞山はここに立てこもった伊賀衆に、織田軍七千の兵が襲いかかった地なのだ。

「聞いてくれ。殿は、家康さまは戦のない世を造り上げるおつもりだ」

「寝言を言うな」

清兵衛は一笑した。

「家康は信長の犬ではないか。女房子供を殺されても平気な輩と一緒にしてくれるな」

清兵衛が言うや否や、背後から強烈な殺気と共に、白刃が半蔵に襲いかかった。

半蔵は素早く回り込みながら避け、男の手首を摑みねじり上げると刀を取り上げた。

が、次の刹那、半蔵の首元には、清兵衛の刀が当てられていた。

ひんやりとした刃を感じながらも、半蔵は力を抜き、男を解き放った。

「争う気はない」

そして、刀も捨てた。その間、清兵衛は半蔵に刀を突きつけたまま、じっと睨み続けている。

「殺したければ殺せばよい。が、その前に最後まで話を聞いてくれぬか」

「………」

返事の代わりに、清兵衛は刀を納めた。

半蔵は敵意がないことを示すために、両手を頭の後ろに回した。

「懐を探れ。殿は今後一切、伊賀には手を出さぬと約定書(やくじょうしょ)をもたせてくれた」

清兵衛が顎で合図すると、別の男が半蔵の懐から、書状と金子の入った袋を取り出した。

「金で転ぶ者は金で裏切るぞ」

袋を手にした清兵衛は、その重みを確かめるように揺すりながら、それでも良いのかというように、にやりと笑った。

「わかっている。だからこそ、それ以外に望みがあれば何なりと言ってくれ。必ず取り次ぐ」

「望み……」

愚(おろ)かなことを訊くとでも言いたげに、清兵衛は口を歪めた。

「死んだ者は生き返らぬ」

忍者には血縁の情などないと思われがちだし、実際そう豪語する者もいた。だが、清兵衛はそういう男でないことが、半蔵にはわかっていた。そして、それこそが今回の一縷(いちる)の望みでもあった。半蔵は必死の思いを口にした。

「……そうだ。死んだ者は生き返らぬ。それが道理だ。今、殿のお命、お前らが握っていると言っても過言ではない。殺してしまえばそれまで。また別の者が現れ、お前らを狙う。だが、生かしてくれれば、殿はその恩、けっして忘れはしまい」

「そんな言葉を信じろというのか」

「私は殿を子供の頃から見てきた。下人であった私をこうして重んじてくれていることからも、わかるとは思わぬか。殿はけっして人を駒とは思わぬ。我が身は斬られても、家臣を守ろうとするお方だ」

清兵衛の目が揺らいだのを見て、半蔵はその前にひざまずいた。

「一度でよい。信じてくれ。もし今の言葉に嘘があるとお前が判断することがあれば、いつでも私の首を取ってよい」

半蔵は清兵衛をきっと見上げ、懇願した。清兵衛もまた半蔵を強い眼差しで見返して来た。二人の間に無言の時がしばし流れた。

「……お前の命を賭ける値打ちがあるのか、家康には」

「ある」

半蔵が即答したのを見て、清兵衛の目元が緩んだ。

「よかろう。一度だけお前を信じる。ただ、伊賀に手出しをせぬだけでは物足らぬ。これより伊賀を重用すること。我らも守ってもらおうではないか」

「その言葉、殿はきっとお喜びになる」

こうして、半蔵の説得に応じた清兵衛は、他の伊賀者にも話を通すことを約束してくれたのであった。

家康一行は甲賀衆に守られながら、国境の桜峠を越えて伊賀に入った。そこで半蔵の手配により伊賀の主だった者と会った家康は、家来として取り立てることを約束、伊賀衆はそこから伊勢までの護衛にあたった。伊勢の白子浜に出ると、一行は茶屋の手配通り角屋の船に乗り込んだ。

こうして一行は多くの者たちに助けられ、誰一人欠けることなく、六月四日の夜、五日未明には無事、本領である三河大浜にたどり着くことができたのだった。だが、家康とは別行動を取った穴山梅雪は、別れてすぐ、宇治田原の手前で落ち武者狩りに遭い、殺害されている。

家康はこのとき世話になった者たちへの恩を終生忘れることはなかった。

茶屋はその後も代々徳川家の御用商人として、朱印船貿易で巨万の富を築き、角屋も廻船自由の特権を与えられ、朱印船貿易に関わった。多羅尾の子孫は旗本として、代官職を世襲し、伊賀衆は半蔵配下の同心として、徳川幕府を支えていくのである。

「殿！　よくぞご無事で」

大浜にたどり着いた家康一行を出迎えてくれたのは、家康の分家筋にあたる松平家忠であった。家忠だけではない。三河の者たちはみな、家康の無事な姿に安堵した。

岡崎城に入った家康は休む暇もなく、信長の弔い合戦のため行動を起こした。すぐさま十日ほどで兵を整えると出陣、十四日には鳴海まで兵を進めたのである。

ところがそこで、驚くべき一報がもたらされた。

「天王山にて羽柴筑前守さまの軍勢が明智軍と衝突、明智を見事討ち果たしたとの由」

知らせを聞いた家康をはじめ、誰もが耳を疑った。そんなに早く事が決するとは思えなかったからである。

「冗談を言うな」

本多忠勝はありえないと首を振り、石川数正も首を捻った。

羽柴勢といえば、備中高松（岡山）で毛利勢と相対していたはず。天王山といえば、摂津と京の国境だ。わずか十日ばかりでどうやって備中から駆け戻ったというのか。

「我らを追い返そうとする明智の謀略では」という意見すら飛び出す始末であった。

だが、十九日には秀吉から正式に「上方は平定したので帰陣されたし」との申し送りが来たため、家康は浜松へと引き返すことになった。

俗に明智の三日天下といわれるが、明智光秀が死んだのは、本能寺の変から十一日目、六月十三日の深夜だったとされる。その日、羽柴軍との戦いに敗れた光秀は、敗走中に落ち武者狩りに遭い果てた。光秀のものとされる首は京にて晒され、明智一族もことごとく殺され、わずかひと月ほどで乱は終息したのだった。

早々に戻って来た家康を出迎えた阿茶も驚きを隠せなかった。

戦わずに済んだことはよかったが、あまりにも事が性急すぎる――。

「秀吉にしてやられた」

軍装を解いた家康はぽつりとそう呟いた。どういう手段を使ったのにせよ、明智を討ち果たし、主君信長の仇（あだ）を奉じた秀吉が、織田家重臣の中で発言権を強めていくのは必定であった。

「これから天下はどうなるのでございますか」

不安を隠せない阿茶に、家康もまた渋い顔で「うむ」と小さく唸（うな）るのみだった。

二　失われた命

一

本能寺の変は落ち着いたものの、織田信長の死により、日本中に再び不穏な雲が垂れこめていた。

誰が信長の跡を継ぐのか――信長ともに嫡男信忠を失った織田家では、次男信雄と三男信孝の間で、激しい家督争いが勃発した。腹違いのこの二人は共に二十五の同い年。下手をすれば織田家は真っ二つに割れる危険性があった。

これに対し羽柴秀吉は、信忠の嫡子三法師を推した。信長の嫡孫とはいえ、わずか三歳の幼児であったが正論である。これには誰も表立って文句をつけることはなかった。

だがそれに乗じて、我が物顔で信長亡き後の領土分配も取り仕切る秀吉に、織田家筆頭家老の柴田勝家は不快感を隠さなかった。

勝家は、信長の妹お市の方を娶ることで、秀吉と対抗しようとした。お市の方は、浅井長政に嫁いでいたのだが、長政が信長を裏切ったことで、戦が勃発（浅井朝倉攻め）、その際、秀吉がお市の方とその娘たちを敵陣から救い出していた。

秀吉は以前からお市の方に恋慕していて自分のものにしたいと願っていたのだが、お市の方は浅井攻めの際に、嫡男を殺した秀吉を忌み嫌っていたし、秀吉には糟糠の妻於寧がいた。その点、勝家は還暦を迎えていたが、無骨者でそれまで正室を持っていなかった。お市の方は、勝家への輿入れを快諾し、これにより、秀吉はさらに勝家への対抗心を感じることになったのである。

一方、その頃、家康は信濃・甲斐の領有をめぐって、北条氏と相対していた。徳川に織田から援軍が来ないことがわかっている北条はなかなか引かない。

幾度かぶつかり合った末、次の条件で和議が行われることになった。第一に北条方の佐久郡と甲州都留郡を徳川方に譲る代わりに、上野国は北条のものとすること、第二に家康の次女督姫を北条氏直の正室に迎え、縁戚関係を結ぶこと。この二つである。

督姫は家康最初の側室・西郡の方が産んだ姫で、幼い時から阿茶によく懐いてくれていた。血縁を広げて、なるべく戦を避けていく——それがこの時代の常套手段とわかっていても、阿茶は独り敵陣に嫁ぐ姫への憐れみを感じずにはいられなかった。

「督姫を北条に、でございますか」

「振を行かすわけにもいかぬだろう」

家康にそう言われてしまうと、頷くしかない。長女亀姫（母は故築山御前）は、既に奥平に嫁いでいて、他には姫はいない。まだ三歳の振姫（母は於都摩の方）より、十八歳の督姫が適任なのは明らかだった。

「西郡を気遣ってやってくれ」

「はい」

言われなくてもそうするつもりであった。家康はむろん、家中の皆の健康を守るのは、自分の役目だと阿茶は心得ていた。

今、家康の側には阿茶以外に四人の側室（西郡の方、於万の方、於愛の方、於都摩の方）がいて、男子は於万の方が産んだ於義丸（九歳）を頭に、於愛の方が産んだ長丸（四歳）、福松丸（三歳）の三人がいた。於義丸はやんちゃ盛りで怪我をしがちだし、長丸はおっとりした性格だが、よく腹を壊した。弟の福松丸は元気な子だが分家筋の東条松平を継ぐことが決まり、生母の於愛の方が気の毒にため息をつくことが増えた。けっして口には出さないが、寂しくて仕方ないのだろう。

同族に跡継ぎとして出すのでさえそんな具合なのに、ましてや督姫の嫁ぎ先の北条は争っていた相手だ。それに西郡の方はもともと食が細い。一人娘の督姫が嫁ぐことで、気落ちしてしまわないかが、気がかりだった。

「だがな、ともかく北条とは早めに手を打たねばならぬのだ」

家康の顔色もここのところ冴えない。織田の跡目争いが気になっているのだろう。

「まだ収まらぬのでございますか」

「うむ？」

「織田さまのことでございます。興雲院さまからも文を頂戴しました」

興雲院とは信長の側室お鍋の方のことである。お鍋の方は本能寺の変を無事逃れた後、髪を下ろし、秀吉の庇護のもと、亡き信長の菩提を弔っていた。

「お鍋の方はなにか言うてこられたか」

「……信雄さまも信孝さまも実の御子ではありませんが、ようよう気になさっておいででした。何とか世が治まればよいと、それだけ」

だが、本当は文にはこうあった。信雄と信孝の間に入り、何とか二人の仲を取り持つように、家康さまに頼んでもらえぬだろうか——。

つまりそれは、秀吉と勝家との間に入るのと同じ意味であった。阿茶にはそれが家康にとって得策とはどうしても思えず、話せなかったのだ。

「お鍋の方はご心痛だろうな。しかし、我らが今できることは、何が起きてもよいように準備を怠らぬこと。それしかない」

阿茶の心を読んでいるように、家康もまたそう呟いた。

徳川と北条との和議が成立したのと入れ違いのように、秀吉と勝家の争いが激化した。信長の三男信孝を擁した勝家に対し、秀吉は次男信雄と結び、合戦が始まったのである。秀吉は岐阜城にいた信孝を包囲すると自害に追い込み、次に賤ケ岳で勝家とぶつかった。秀吉軍の勢いは凄まじく、勝家は北ノ庄に逃げ帰ったのだが、秀吉は容赦なく勝家を叩いた。お市の方はこのとき勝家と共に自害して果て、お市の方の三人の娘、茶々、初、江（いずれも父は浅井長政）は落城寸前に助け出され、秀吉のもとで養育されることになったのである。

しかし、事はこれで収まらなかった。手を組んでいたはずの信雄と秀吉が敵対、今度は信雄が家康へ救援を求めてきたのである。

「殿はそれで出陣のご決断を？」

於愛の方からそう問われ、阿茶は頷いた。このところ、於愛の方は調子が悪い。めまいや耳鳴りを訴えることが多く、頭痛もあるようだ。血虚が疑われ、血を補う薬湯を欠かさず飲んでもらっているものの、顔色は悪くなるばかりであった。

「信雄さまは主家のはず。なのに羽柴さまはどうあっても滅ぼすおつもりであろうか」

於愛の方は不安げに呟き、庭で遊んでいる長丸に目をやった。

主人である織田家ですら滅ぼそうとする秀吉が、徳川を見逃すはずがない――そう案じているのが阿茶にはヒシヒシと伝わってきた。

「そうならぬために殿は戦われるのです。さ、我らが殿にご心配をかけてはなりませぬ。早うようなってくださいませ」

阿茶に促され、於愛の方は薬湯に手を伸ばした。

薬茶局に戻った阿茶は、家康のために、戦場へもっていってもらう薬をあれこれ調合していた。

昨夜、家康は苛々となかなか寝付けない様子で何度も寝返りを打ち、ようやく眠ったと思えば、今度は歯ぎしりが激しかった。

起きてからも目も充血し赤く腫（は）れているのが気になる。

肝に詰まりが生じているのかもしれない――。

五臓（肝（かん）・心・脾（ひ）・肺・腎（じん））のうち、肝は気の流れを調節する疏泄（そせつ）と血を貯める蔵血、二つの役割を担う。ここに詰まりが生じると、神経がたかぶり不眠や歯ぎしりといった症状が出てくる。目が充血するのも肝が弱っている証であった。

肝血を養い、気を巡らせるためには何が良いか……。そう考えながら、薬研(やげん)に向かっていると、今朝の家康とのやり取りが思い起こされた。

いっそのこと今度の戦に随行したいと申し出た阿茶に、家康は「駄目だ」とけんもほろろに首を振った。

――どうしてでございますか。伊賀の折も、私がいて助かるとそう仰せだったではありませぬか。

――あの折はああするしかなかった。

――殿のお側にあってお守りするのが私の役目。

――ならぬと言ったらならぬ。お前はここで奥の者たちを守れ。

「……わからずや」

心配している気持ちがなぜ通じないのかと、思わず不満が口をついて出た。

「あのぉ、どうかなさいましたか」

隣にいた茜が心配そうに阿茶の顔色を窺ってきた。

「何か、ご気分を害されましたか」

茜には阿茶が苛ついているように見えたようだ。

「違う、違う。お前に怒っているのではない」

と、阿茶は慌てて否定した。茜はほっとしたような笑みを浮かべたが、その顔の色が白く、唇も青ざめているのが気になった。

「お前こそ、どこか悪いのではないのか。遠慮せず言うてごらん」

「……大したことでは。少し月のものが重くて」

茜は少し言いにくそうに答えた。

阿茶は茜の手首を取り、脈を診た。脈は規則正しく打っているが、手指にはかなり冷えがある。舌を診ると、舌裏の静脈がひどく浮き出ている。これは瘀血(おけつ)といって、身体を巡る血に滞りがあることを示していた。

どうやら茜は冷えから来る月経痛を起こしているようだ。

「月のものが重いことはよくあること。あまり辛いようなら、部屋で休むがよい」

「滅相(めっそう)もない」

と、茜は首を振った。

「では薬を煎じてやろう。便はどうじゃ。詰まってはおらぬか」

「それは」

「恥ずかしがらず、答えよ」

「はい。少し詰まり気味でございます」

「まさか、子はできておらぬよな」

「まさか！　変なご冗談はおやめください」

　ぶんぶんと茜は首を振った。

「冗談ではない。薬を処方するときにはとても大事なことなのだ」

　と、阿茶は真面目に答えた。茜の症状を訊いて、阿茶は便秘と瘀血解消に効く桃仁（とうにん）（桃の種）を使おうとしていた。桃仁は血巡りに優れているが、妊婦には禁忌（きんき）とされる。流産する危険性があるからだ。

「私などのために貴重なお薬を。もったいのうございます」

「遠慮してはならぬ」

　と、阿茶は微笑んだ。茜は岡崎の出で、阿茶と同じく父も母もいない境遇ときいている。自分が気にかけてやらねばと阿茶は考えていた。

「……好いたお方ができたら、すぐに教えなさい。良いように取り計らうから」

　薬茶を作りながら、思わず、そんなことも言ってしまう。

　すると、茜がびっくりした顔で阿茶を見た。

「私は嫁になど参りません！　阿茶さまのお側にずっとおりとうございます。お暇を取らせるなどおっしゃらないでください」

半ば泣きそうな顔をしているのが可愛くて、阿茶は微笑んだ。

「ならば尚のこと。これを飲み養生するのだ。元気でいてくれねば私が困る。よいな」

「はい……」

茜は神妙な顔で頷くと、ありがたそうに薬茶椀に手を伸ばした。

二

天正十二（一五八四）年三月、家康は秀吉との戦いに臨むことになり、尾張の小牧山城に入った。

小牧山城はかつて織田信長が美濃の斎藤氏を攻めるために築いた城で、この地が選ばれたのは、小牧山が濃尾平野のほぼ中央にあり、美濃を一望できたからだった。山の南には城下町が整備され、かなり賑わっていたが、四年ほどで美濃を手に入れた信長はこの城を捨て岐阜城へと移ったため、このときは廃城となっていた。

小牧山であれば、どこから秀吉軍が攻めてきてもすぐにわかる。家康はそこに本陣を張るや否や、山のふもとを一周する巨大な土塁や堀を新たに造らせた。だが、籠城する気はなかった。秀吉は無類の戦上手である。特に籠城した相手には無敵だ。悟られないような抜け道造りも急務であった。

秀吉は小牧山の北北東にあたる犬山城に入り、小牧山城を睨むような形で陣を張った。その兵力は十万人（一説には六万）。対する家康軍は一万五千。数の上では家康に勝ち目はない。しかし、二度の小競り合いはあったものの、互いに相手の出方を窺う状態が続き、戦は長引くのではないかと思われた。

四月に入り、阿茶は浜松城を出て岡崎城に向かうことにした。じっとしていろと言われても家康や兵の様子が心配だった。少しでも本陣に近い場所で様子を知りたいと願ったからである。岡崎城から小牧山城までは十三里足らず（約五十キロ）、何か動きがあればすぐに連絡がつく。それに岡崎城は家康の母於大の方の侍女として長く暮らした思い出深い場所でもあった。

途中、阿茶は於大の方の隠居所に立ち寄った。かつて家康が信長の命を受けて、伯父水野信元（於大の異母兄）を誅殺した際、於大の夫・久松俊勝に呼出しを頼んだ。後で利用されたことを知った俊勝は激怒し、城を出て隠棲していた。

「よう来てくれた。益々美しゅうなったな」

久しぶりに会う於大は多少老(ふ)けてはいるものの、顔色は良く元気そうで、阿茶を歓待してくれた。

「お変わりないご様子、安堵いたしました。殿さまもお変わりはございませんか」

「ああ、少し足腰を悪くなされたが、お元気じゃ。今はこの辺りの相談役のようなことをしておいでじゃ。それより、家康どのの戦はどうなっているのであろうか」

於大の問いに阿茶は、戦況はまだ膠着(こうちゃく)状態が続いているようだと答えた。

「さようか」

「ご案じ召されますな。きっとじきに吉報が届きましょう」

「それならよいが……。秀吉は稀代の策士と聞く。何もできぬ我が身が歯がゆいばかりじゃ。そなたがあの子についてくれるようになって、本当に良かったと思っている」

「もったいないお言葉……」

「さ、茶菓子でも進ぜましょう」

ありがたくもてなしを受け、その後は互いに近況を報告し合い、阿茶が出立しようとしたときであった。表で何やら騒がしい声がしていたと思ったら、緊張した面持ちで俊勝が入って来た。白髪が増え、足を引きずってはいるが、まだまだかくしゃくとしている。慌てて挨拶をする阿茶に「おぉ、久しぶりじゃなぁ」と一瞬目を細めたが、すぐに戦国を過ごして来た武将らしいきりっとした顔つきに戻った。

「何かあったのでございますか」

「うむ。これより岡崎の城に急ぎ知らせに行かねば」

於大の問いに俊勝は、秀吉軍が動いているのを見た者がいると答えた。

「夜陰に紛れて、山裾を行く軍勢を見たそうだ。行き先はおそらく岡崎であろうと」

「ここまで来ずとも先に城に寄ればよいものを」

「あれは一向宗徒だ。赦(ゆる)されたと言うてもまだまだ城は近寄りがたい」

三河一向一揆が終結して既に二十年の月日が流れていた。一揆終結後、禁制とされた一向宗だったが、昨年、家康は赦免(しゃめん)し、諸寺復興を許可していた。この赦免に尽力していたのが、俊勝であった

「お待ちを」

出かける準備を始めた俊勝を、阿茶が押しとどめた。

「その者、信用できる者でございますか」

「ああ、むろんじゃ、幾度となく私の用を務めたこともある。篠木(しのき)村の者だ」

俊勝は頷いた。

「では城へは私が走ります。その方が早うございますから」

「そうか。ならば私は小牧へ行こうか。……こんなとき誰ぞ呼べればよいのだが」

少し心許ないのか、俊勝が腰をさすりながら、そんな呟きを漏らした。

半蔵であれば、小牧までひとっ走りだろう——阿茶の脳裏に半蔵の顔がよぎった。

しかし、半蔵は今、伊賀甲賀衆を引き連れて、信雄に味方する伊勢松島城の援軍についているはずであった。

「では城は侍女に任せて、小牧へは私が参ります」

「しかし、おなごの足では」

「馬を拝借できますか。それならば早う着きます」

「そなた、馬に乗れるのか」

と、於大が案じた声を出した。

「はい。殿のお鷹狩についていくために少々。まだあまり上手くはありませんが、落ちはしません」

「しかし……」

心配そうに渋る俊勝に、阿茶は「時が惜しゅうございます」と、答えを促した。

「道はわかっております。小牧の南へ出る道ならは、敵と会うこともありますまい」

「うむ、確かに。……あいわかった。しかし、くれぐれも気をつけるのだ。隠居の身ゆえ、大した家臣はおらぬが、小者をつけよう」

俊勝は決断すると早かった。阿茶もまたすぐさま動いた。控えていた茜に、このことを急ぎ岡崎城に知らせるように命じ、出発したのである。


家康を小牧山に足止めしている間に、本拠地三河の岡崎城を奪う――この奇襲作戦を秀吉に進言したのは、池田恒興（いけだつねおき）であった。他に、恒興の娘婿である森長可（もりながよし）、同じく女婿（じょせい）であり秀吉の甥（姉の息子）でもある羽柴秀次（ひでつぐ）、そして堀秀政（ほりひでまさ）を隊長とした四隊、二万の兵がこれに同調した。

四隊は四月六日夜から進軍、小牧山城から見つからないように身を隠しつつ、じわりじわりと山裾を進むため、通常よりも時間がかかっていた。

阿茶はその間に馬を飛ばし、無事、小牧山城に到着した。

「な、なぜそなた、ここに」

阿茶の姿を見て、家康は怒ろうとしたが、阿茶は最後まで言わせなかった。

「そんなことより、岡崎が危のうございます」

「なんじゃと」

「篠木の村人より知らせがあり、駆けつけました。山裾を動いている軍勢ありと」

家康の顔がさっと変わった。周囲の者たちも慌ただしく動き始めた。

阿茶の目の前に、辺りの地図が広げられた。

「篠木か……ということは一番近いのは小幡（おばた）だな。水野、すぐに発てるか」

「はっ」

家康は水野忠重（ただしげ）に命じて小幡城に向かわせた。そして、自らも後を追うべく、約九千の兵を率いて、小牧山城を出る準備を始めた。

「阿茶、よう知らせてくれた。お前は浜松へ。気をつけて帰るのだぞ」

「はい。私にはお気遣いなく。ご武運をお祈りしております」

家康は、阿茶の目をしっかりと見つめ微笑んだ。

「うむ。行ってくる」

四月九日、家康の先遣隊（水野・榊原（さかきばら）・大須賀（おおすが）ら）は白山林で羽柴秀次隊を捉えた。秀次軍は壊滅状態に陥り、秀次は逃走、堀秀政隊が援軍に駆けつけた。先遣隊は阻まれたが、秀政隊も力尽きて退却していった。

家康本隊は長久手（ながくて）に進み、池田恒興隊、森長可隊を迎え討った。激戦の末、恒興と長可は戦死。家康軍は勝利を得たのであった。

家康勝利の知らせを受けてほっとしたのも束の間、阿茶は浜松に戻ったその日から寝込んでしまっていた。

実は、馬を飛ばして小牧山に向かった後から、どことなく腹に異常を感じていた。久しぶりに馬に乗ったせいだろうとそのときは考えていたのだが、それからすぐに月のものが始まり、なかなか出血が治まらない。普段は月経痛すらほとんど感じたことがない阿茶にとって、こんなことは初めてであった。

心配した茜が付きっ切りで看病をし、薬湯も煎じてくれ、出血はなんとか治まったが、今度はなかなか元気が出ない。腰は重だるく、何を飲んでも芯から冷えていく気がしてならない。

家康は戦の後処理のために、まだ小牧山城にいる。元気な姿で出迎えなくてはと焦れば焦るほどに、身体はどんよりと沈みこんでいく。恐ろしい病にでも罹(かか)ったのではないか——。不安が押し寄せてくる。

阿茶が恩師永田徳本の訪問を受けたのはちょうどそんなときであった。

「先生、お久しゅうございます」

「茜が参ってな。お前の様子がおかしいと。どんな具合だ」

阿茶に叱られると思ったのか、茜が部屋の隅で小さくなっている。

「すみませぬ……なにやら怖うて、怖うて。徳本先生に診ていただくのが一番だと思うたのです」

徳本は甲斐の武田が滅亡して以来、万斛(まんごく)村の鈴木権右衛門(すずきごんえもん)の近くに庵(いおり)を借りて住んでいた。

「ありがとう……心配してくれたのだな」

と、茜に微笑んでから、阿茶は徳本に診てもらうことにした。

「先生にきちんと診ていただくのは初めてでございますね」

「そうだな。まず何が気になっているか、聞かせてもらおうか」

阿茶は徳本にだるさが抜けず、身体が芯から冷えていく気がすることを話した。

「それはいつからだ」

「月のものが長引いた後からにございます。常になく血が止まらず」

徳本は慈愛のこもった眼差しで阿茶を見つめ続けている。

「その前に月のものがあったのはいつだ」

「それが……少し遅れておりまして。なので、多いのかと初めは」

徳本は少し厳しい顔になると、「体に触れるぞ」と、触診を開始した。

しばらくして、徳本は顔を上げると、阿茶に尋ねた。

「……そなた、重いものを持ちあげるとか、転ぶとか、せなんだか」

「特には」

「では駆けたり、長く立ち仕事をしたり、水を浴びたとかは」

「自分の足では駆けておりませんが、馬には」

「う、馬じゃと」

徳本が目を剝(む)いた。

「馬に乗ったというのか」

「あ、はい。何かそれが……」

「そなた、懐妊しておったのに気づかなかったのか！」

「かいにん……」

一瞬、徳本が何を言ったのか、阿茶には理解できなかった。かいにんという言葉が頭の中でぐるりと回り、続いて、かーっと頭に血が上ったと思ったら、全身から血が引いていくのがわかった。

「まさか、子が……子が流れたというのですか」

阿茶の問いに、渋い顔で徳本は頷いた。

「残念じゃが、そういうことのようだ」

「わぁぁぁ」

突然、茜が大声で泣き始めた。その声が、どこか遠くの出来事のように小さくなっていく。次の刹那、阿茶の目の前から全ての景色が消え失せた。

どれくらい経ったのだろうか。

「阿茶……気づいたか」

それは家康の声であった。

阿茶は慌てて起き上がろうとしたが、頭はくらくらとし、身体も重い。

「無理をするな。そのままでよい」

そう言われても、阿茶は無理をして上体を起こした。家康はそっと背中を支えてくれる。その手のぬくもりが阿茶の胸を締め付けた。涙が込み上げてくる。

「殿……殿、私は、殿の、殿の御子を」

「皆まで言わずともよい。先生から聞いている」

ちらりと家康が後ろを見た。徳本と茜が心配そうな顔で阿茶を見守ってくれていた。

「殿さまは、昨夜から寝ずの看病をなさって」

と、茜が言いかけたのを、家康は首を振り制した。

「そのようなこと、言わずでよい。当然のことをしたまで」

「……申し訳、申し訳ございませぬ」

「謝ることはない。それよりも今は養生することだ」

「けれど、私は薬師でありながら、なんという愚かなことを」

「医師であっても自分の身はなかなかわからぬものじゃよ」

と、徳本が優しく声をかけてくれた。

「それでも」

手をついて謝ろうとする阿茶を制して、家康は阿茶を抱きしめた。

「よいか。そなたは私を救おうとしてくれた。岡崎を守ったのじゃ。なんら、謝るようなことはしておらぬ」

「けれど……」

「むろん、子が流れたのは辛い。私とて悲しい。けれど、泣いていては元気になれぬ。よいな、子はまたできる。けっして、けっして自分を責めるでない」

家康に強くそう言われて、阿茶はぎゅっと唇を噛み、涙を押し殺した。

「はい……」

よしというように頷くと、家康は後ろを振り返り、茜に声をかけた。

「この度のこと誰ぞに訊かれたらこう申せ。この私が無理をさせたゆえだ。戦に同道するように命じた家康が悪いとな」

「殿……」

それは違うと、阿茶は首を振ったが、家康は許さなかった。

「いや、そういうことにする。茜、良いな」

「はい。かしこまりました」

茜がしっかり承る（うけたまわ）のを見てから、家康は徳本に目を移した。

「先生、阿茶を頼みまする。どうか早う良うなるように」

「ご心配なくお任せあれ」

と、徳本も頷いた。

家康は頷くと、今度は阿茶に向き直った。

「すまぬな。もう行かねばならぬ。必ず養生しておけよ。次は笑顔で会おう」

家康はそう言うと立ち上がり、徳本に一礼してから部屋を出て行った。

阿茶はただただ、ありがたく、手をつきそれを見送ったのであった。

「……殿は、良き男になったな」
しばらくして、ぽつりと徳本が呟いた。
返事の代わりに、阿茶は込み上げてくる涙と戦っていた。

三

小牧長久手の戦いは、家康側の勝利に終わったが、実は家康は窮地に追い込まれていた。秀吉は家康との直接対決を避け、信雄に狙いを定めると彼の本領である伊勢に攻め込んだ。信雄は恐れおののき、勝手に秀吉と和睦してしまった。しかも和睦とはいえ、対等なものではなく、信雄は秀吉に人質と領土を差し出している。実質的な敗北を認めたものだった。

このことを伊勢から戻った半蔵から聞いた家康は、思わず「馬鹿な」と声を荒らげた。

信雄がいればこその今回の戦であった。主の織田家をないがしろにする羽柴秀吉を討つ——。信雄と秀吉が和睦したことで、この大義名分は消えた。はしごを外された家康は、秀吉との和議に応じるしかなくなる。しかも負けた側としてである。

秀吉は家康に領土を差し出せとは言わぬ代わりに、人質を求めた。

「松平定勝（さだかつ）をくれぬかのぉ」

秀吉が目をつけたのは、家康の異父兄弟にあたる松平定勝であった。定勝は、於大が久松俊勝との間にもうけた三人の男子の末弟。家康とは十七歳が離れていて、まだ二十五歳だが、小牧長久手の戦いでは二番手を務めるなど有能な側近であった。

「どうかそれだけはご容赦を」

その話を聞いた於大は家康に泣いて頼んだ。

定勝の長兄・康元（やすもと）は久松松平の当主となっていたが、次兄・康俊（やすとし）は幼い頃に家康の命で今川氏真（うじざね）の人質となり、さらに甲斐武田へと送られて雪の中を脱走、足の指全てを凍傷で失い、命からがら三河へ逃げ帰ったという悲劇を味わっていた。

これ以上息子を人質にやりたくない――かつてはまだ三歳の家康との別れに泣き、次には康俊の苦難に心を痛めてきた於大が、そう願ったのは当然だったかもしれない。

家康にしても年老いた母をこれ以上悲しませたくはなかった。

断って人質を出さないという手もあったが、それは和議の決裂を意味する。断る以上は望まれた者より格上の者を出す必要があった。苦慮した上で、家康は自分の次男、十一歳になる於義丸（母は於万の方）を出すことにした。家康の嫡男信康は既にこの世にはいない。つまりは跡継ぎといってもよい息子であった。

「まさか、息子をくれるというのか！　よし心配するな。於義丸どのは我が養子にする。可愛がる」

子宝に恵まれていない秀吉は大喜びで、於義丸には自らの名と家康の名を取り、羽柴三河守秀康（ひでやす）と名乗らせると約束した。（のちに上総結城（かずさゆうき）氏五万石の跡目を継ぎ、結城秀康と称することになる。）

こうして天正十二年が暮れようとしていたある日、阿茶のもとに於大がやってきた。

「於万に詫びをな、言いに来た」

於大は、自らの我儘（わがまま）により、於義丸が人質に出ることになったことを悔いていた。

そのことを詫びたくて於万の方を訪ねたらしい。於万は於大の手を取り、「どうかお気になさらず」と、健気に応えてくれたという。

「於義もな、ばばさまお達者でと、そのようにな。笑うて行ってくるとそう……」

「………」

阿茶はなんと慰めてよいかわからず、ただ於大の話を聞くしかなかった。

阿茶の目から見ても、於義丸は徳川と羽柴の架け橋になることをしっかりと自覚している様子で、それが頼もしくもあり、またせつなくもあった。

於大はひとしきり話すと落ち着いたようで、阿茶の手を取った。

「それよりも、そなたの身体の具合はどうじゃ。少しは落ち着いたか」

「は、はい……」

「まことに？」

そう問われると、阿茶は返事に詰まった。身体の方はもう元に戻ってはいた。だが、正直、心の痛手は消えていない。自分の愚かさがなんとも辛く、家康に笑顔を見せなくてはと明るく振舞えば振舞うほど、独りになると落ち込んでしまう。

それに近頃は薬師としての気概も揺らいでいて、以前のように自信をもって、薬茶を振舞うことが怖くもあった。

「そなたのことだから、無理をしているのではないかと気になってな」

と、於大は阿茶の髪を撫でた。

「あの折、馬になど乗せねばよかったと、気になっていた」

「いえ、あれは私が望んだことで」

「こんなことを言うてはあれだが……」と、前置きしてから於大は続けた。

「お前のように子を亡くす女は多い。おそらくみな一度や二度は経験することじゃ。

だからと言うて、忘れて逞しく生きよと言うているのではない。こう考えることにしてみてはどうであろう」

せつなげに語る於大にも、もしかするとそういう過去があったのかもしれない。

阿茶は驚くと同時に於大の次の言葉を待った。

「人はみなこの世に、修行をするため生まれてくるそうな。徳を積み、あの世に逝けば極楽浄土へ救われるでな。聞いたことがあるであろう？」

「はい……」

阿茶が頷くと、於大は続けた。

「そなたの流れた子は、既に徳のある子であったのだ。徳のある子はこの世で苦労する必要がない。ゆえにこの世を去ったのじゃ。今頃は極楽浄土で楽しゅう、笑って暮らしているはず」

「於大さま……」

「そなたの役目は、この世で薬師として修行することであったろう。それを忘れていては、あの世で子が悲しむ。そなたが来るのを楽しみに待っている子がな」

阿茶の目から涙がとめどなく溢れた。慌てて拭おうとしてもずっと我慢をしていた涙は途切れることがない。

「も、申し訳ございませぬ」

謝ろうとする阿茶を於大は優しく抱きしめた。

「よいのだ。泣きたいだけ泣きなされ。そうして、前を向き歩き続けるしかない。それが、今を生きる我らの務め」

於大は嗚咽（おえつ）を漏らす阿茶を抱きしめ、その背をさすり続けてくれたのであった。

阿茶は再び薬茶局での仕事に精を出すようになった。

ある夜、家康と久々に褥（しとね）を共にしたときのことであった。

阿茶が家康の背中に手を回すと、「うっ」と小さく家康が呻（うめ）いた。

「殿……」

阿茶は慌てて起き上がり、家康の背を見た。背の中央あたりが一寸ばかりに赤く腫（は）れている。

「癤（せつ）にございますな」

「心配ない。この頃、よくなるのじゃ。膿（うみ）を吸い出せばすぐ治る」

家康は阿茶に心配をかけまいと患部を隠そうとした。これまでも勝手に処置をしていたようだ。

癤とはいわゆるおできのことで、毛穴に細菌が感染して起きる。誰しも経験があることで、家康が軽く考えたのも無理はない。しかし頻発するのは良くなかった。

「お疲れが溜まっておいでなのでしょう。すぐにでも薬を」

毒出しによいものを煎じて、あと塗り薬は……と、頭の中で素早く考えながら、阿茶は慌ただしく、薬茶局へ向かうべく衣服を整え始めた。が、家康は苦笑し、「それほど大げさなものではない」と、その手を止めた。

「今宵はどこにも行かせぬ」

「殿……」

「嫌だ。今日はここで過ごすのだ。このようなもの、どうとでもなる」

家康に強く抱きしめられて、阿茶は仕方なく頷いた。

だが、この腫れ物はどうとでもなるものではなかった。

阿茶が治療しようと考えていたのに、家康は勝手に小姓に命じて、膿を吸い出させようとした。それが良くなかった。膿は熱を持ち、見る見るうちに大きく腫れあがり、鶏卵大にまでなってしまったのである。全身に発熱も生じ、家康は伏して唸り続けた。こうなると癰と呼ばれ、薬湯や塗り薬では埒があかない。患部を切開して取り除くことが一番なのだ。

だが、書物では読んだことがあっても、阿茶は実際にそのような処置をしたことがなかった。徳本を呼びにやったが、またどこかふらりと旅に出かけてしまったようで留守だという。

「半蔵を、半蔵を呼べ」

家康は阿茶に半蔵に切ってもらうことを頼んだ。だが、その半蔵も伊賀に出ていた。

「早うしてくれ。た、頼む……」

薬湯を飲ませても、熱は下がらない。このまま放置しておくと、命に係（かか）わる。小姓にやらせようともしたが、膿の吸い出しに失敗し、悪化させたことで責任を感じて切腹しかけたことを考えると、これ以上の負担を強いることはできなかった。

「な、何を、て、手間取って、おる」

家康は声を出すのも辛そうだ。

「殿、私が切ってもよろしゅうございますか」

阿茶は自分がやると意を決し、家康に尋ねた。

「そなたが……」

「はい。必ず、必ずお治しいたします」

家康は阿茶の目をじっと見つめてから、小さく目を伏せ頷いた。

「うむ。早う、切ってくれ」

すぐさま茜には清水と白布を用意させ、小姓には家康を抑えているように命じた。家康には舌を噛まないように布を咥えてもらった。

それから、阿茶は生薬を刻むために作ってもらった細い刃の小刀を取り出すと、おもむろに火であぶってから、冷水で清めた。

「失礼仕ります」

「うむ」

阿茶はきゅっと唇を噛み締めると、震えそうになる手を抑え、それから、ひと思いに患部を切った。

血と共にどろりと膿が出る。痛みは激しいはずだが、さすがの家康は一言も呻き声を漏らさない。阿茶は膿を全て出させると、洗い清め、血止めの薬を塗りこみ……と、懸命に処置し続けた。

どれくらい時が経ったか。家康は静かに寝入っており、阿茶はようやくゆっくりと息を吐いた。

こうして処置は無事に済んだが、予断は許されない。傷口が綺麗に乾燥するように何度も薬と布を張り替え、さらには薬湯を作って飲ませ、阿茶は寝食を削って、家康の回復を待った。ありがたいことに熱は下がり、数日で傷口も塞がり、家康はみるみる元気を取り戻した。

それでようやく、阿茶も周りの家臣も胸を撫でおろしたのであった。

四

於義丸を人質に出したことで和睦の形はとったとはいえ、家康と秀吉の間には緊張状態が続いていた。

家康は秀吉に負けたとは思っておらず、秀吉は秀吉で他の諸大名のように家康が恭順の意を示して頭を下げに来ないことに苛立ちを覚えていた。

「挨拶の一つもせずに済ます気か」

秀吉は、家康にさらなる人質を出すよう求めてきたが、家康はのらりくらりこれを躱し続けた。これ以上、言いなりになるものかという思いもあった。

秀吉との折衝役であった石川数正は、両者の間を幾度も往復しながら、妥協点を探り続けていた。

その数正が驚きの知らせを運んできたのは、天正十三（一五八五）年初夏のことであった。

「羽柴秀吉さまに於かれては、この度朝廷より関白の称号を贈られるとのこと」

「関白だと」

家康はじめ、徳川の家臣はみな耳を疑った。関白は中国前漢時代の故事から命名された役職で、多くの人の訴えを聞き入れ、意見を述べるという意味がある。すなわち帝（天皇）の補佐として政を仕切る、実質的に公家の最高位の役職である。

平安時代から、帝にはこの関白をつけることが習わしとなり、藤原氏嫡流の近衛家、一条家、九条家、鷹司家、二条家の五摂家の中から任じられると定まっていた。

「何かの間違いではないのか。確か今の関白は二条さま。それに近衛さまが何やら文句を言うているというのは聞いていたが」

家康が問い返したとおり、当時、二条家と近衛家の間で、関白職を巡って争いが起きていた。

「はい。その通りにございます。ですがなかなか決まらず、仲介に入った秀吉さまは自らが近衛家の猶子（仮の子）となって関白を継ぐということでお収めになった由」

「なんとまぁ、そのような理屈が通るのか」

経緯を聞いた榊原康政が驚きのあまり、あんぐりと口を開けた。康政は重臣の本多忠勝と同い年、文武両道に優れ、物静かに見えて勇猛果敢さは忠勝に負けていない。小牧長久手の戦いでは白山林で秀吉の甥・秀次軍を壊滅させた功労者であった。

　数正はちらりと康政に目をやったが、すぐに家康に目を戻し、こう続けた。

「もとはといえば、その争い、秀吉さまを内大臣のままでは置いておけぬと、朝廷がお考えになったことから発しております」

　信長の死後、秀吉は朝廷との関わりを深めていた。上級貴族とみなされる従五位の下から、従四位下、従三位と駆け上がり、今年に入ってからは生前の織田信長と並ぶ正二位内大臣に叙任されている。位としては家康より上になり、秀吉が朝廷から信長と並ぶ力の持ち主とみなされたことを示していた。事実、家康との争いには完全な決着はついていないものの、紀伊や四国は秀吉の手によって平定されていて、天下人にもっとも近い存在になっていた。

　さらにこの年、秀吉は、自ら天下一と豪語する大坂城本丸を完成させ、また、時の帝・正親町（おおぎまち）天皇が譲位後に過ごす仙洞（せんとう）御所も造営するなど、莫大な財力があることも見せつけていた。

　それらを踏まえ、朝廷は秀吉の扱いに苦慮していた。内大臣の上となると、右大臣、左大臣、さらに名誉職としての太政大臣があるが、秀吉は実質的な権力を持つ関白を所望したことになる。

「秀吉さまはこう仰せでした。儂（わし）が征夷（せいい）大将軍となっても誰もついては来ぬだろう。ゆえに、関白になるのだと」

「う～む」

家康は唸った。

武家であれば征夷大将軍となり、天下に号令するというのが一番の出世ということになる。しかし、秀吉は自らの出自がそれには弱いことをよくわかっていた。百姓の出で侍大将になったことは周知の事実だ。武家でもない自分に誰がついて来ようか——秀吉はそう考えたに違いなかった。だからといって、あろうことか関白に就くとは、誰か裏で糸を引く者がいるのか、それともあの秀吉が自分で考えたことだろうか。

家康は秀吉という男に初めて、底知れぬものを感じた。そしてそれは数正も同じだったようだ。

「秀吉さまは怖いお方。しかも関白宣下（せんげ）を受けられるとあっては、天下は定まったと見なければなりませぬ。殿にはご上洛の上、秀吉さまに慶賀のご挨拶をなされた方が。何より於義丸さまのためにもそうなさることがよろしいかと」

「ええい、数正！　先ほどから黙って聞いておればなんじゃ。秀吉さま、秀吉さまと！　秀吉でよかろうが、秀吉で」

石川数正の進言に今度は本多忠勝が怒りの声を上げ、若い井伊直政も同調した。

「数正どのはあれじゃろ。於義丸さまのもとに自らの子をつけたゆえ、弱気なのだ」

井伊直政は二十五歳。若い上に、小柄で美しい顔立ちをしているので少年のようにしか見えない。しかし、その勇猛さは徳川軍の中でも群を抜いており、赤い鎧を纏い、長槍を持って敵を蹴散らす姿は「井伊の赤鬼」と呼ばれるほどであった。家康は直政を小姓時代から可愛がっていて、少々生意気な口をきくのも面白がっていた。

数正は自分が悪しざまにけなされてもムッと黙っていた。だが、「猿に取り込まれたのではないか。金で人を釣るというぞ」と、言い出した者には反論した。

「何を言う。猿など言うてはならぬ。秀吉さまは関白におなりになるのだぞ」

「何が関白だ。どうせ金で買ったのだ」

と、忠勝は苦々しい顔で吐き捨てた。

「黙らっしゃい！」

と、数正は声を荒らげた。常に冷静沈着な彼にしては珍しい。数正は真面目一徹な性格である。決まり事を何よりも重んじる。

秀吉が氏素性のはっきりしない男であることは百も承知だ。しかし、その男にどういう成り行きがあったにせよ、朝廷が関白の宣下を与えると決まった。それを笑うというのは、朝廷のご威光（いこう）を軽んじることに他ならない。それは何よりも秩序を重んじる堅物（かたぶつ）の数正には許されないことだったのだ。

忠勝と数正が刀の鍔（つば）に手をやり睨み合うのを見て、家康は止めに入った。

「争ってはならぬ。しばし考えるゆえ、みな下がれ。……数正、お前は残れ」

「はっ」

数正と二人になってからも家康は目を閉じ、ひとり思索にふけっていた。

数正はそれをじっと見守っていた。

「のう数正……」

しばらく経って、目を開けると、家康は数正に微笑みかけた。

「お前が怒るのを久しぶりに見た気がする」

「……恐れ入ります」

「いやよいのだ。あれから何年になるかと考えておった。今川で嫌な目に遭（お）うて、ぶつぶつ文句を言うていたら、お前は怒った。黙らっしゃい、と」

数正は苦笑を浮かべた。

「そんなこともございましたかな」

「うむ。確かにあった。あの頃のお前は怖かったぞ。歳は上だし、何かといえば三河者の誇りをとうるさかった」

「それは、あいすみませぬ」

「いや、おかげでここまで来ることができた。そう思っている」

　家康の本心であった。数正は家康よりは十歳ほど上になる。家臣ではあったが、常に兄のように家康を見守り、励まし、時に叱ってもくれた。これまでの生涯のほとんどを側で支え続けてくれた。肉親よりも近い存在だ。

「過分な仰せにて」

「畏（かしこ）まらずに教えて欲しいのだが」

　と、前置きをして家康は数正にもう少し近くに寄るように促した。

「秀吉という男、やはり相当怖いか」

「はい」と、数正は頷いた。

「殿もお感じのこととは存じますが、あれは人たらしにございます。武家の誇りというものがない分、欲しいものがあれば捨て身で向かってきます。あれには誰も虚を突かれます」

「確かにそうだな。先日、こんな文をよこした。読んでみろ」

家康は書状を取り出すと数正に渡した。広げて読んだ数正は、困惑の色を浮かべた。

「お前を欲しいそうだ。どう思う」

「どうもこうも。このような戯言は」

「いや、戯言ではない。お前の有能さを買ったがゆえだろう。臆面もなく、お前をくれだなどと普通の武将なら言わぬ。思っていても言うわけがない。すぐに破り捨てようと思った。思ったが……やめた」

「殿っ」

「むろん、お前を手放すとは言わぬ。口が裂けてもけっしてそのようなこと言わぬ。お前は私にとってもっとも古くからいてくれる大事な家臣だ。その家臣を茶道具でもあるまいに、やすやすとやるなどと言えるはずがない」

家康はじっと数正を見つめ、数正もそれに応じた。

しばらく時が流れた。数正は深く息を吐くと、こう呟いた。

「殿は、あちらにいて徳川のために策を弄する者が必要だとお考えなのですね」

「………」

家康は小さく頷いたものの、すぐに首を振った。

「いや、無理だ。やはりやめておこう。身を斬られるより辛い。お前がいなくなるなど、やはり考えられぬわ。無理だ、無理だ」

「……黙らっしゃい」

　叱りつけながらも数正の声はあくまで優しかった。

「殿、躊躇ってはなりませぬ。一言、お命じになればよいのです。数正は何があっても三河武士にて。殿のお役に立つのが本望」

「数正……」

「されば、殿はあずかり知らぬことにいたしましょう。全てはこの数正の一存にて」

　言うや否や、数正は秀吉の書状を火鉢にくべた。

「時機をみて出奔いたしまする。誘いを受けた私が殿を見限った。それでようございます。その方があちらも、この数正に心を開くというもの。向こうからの繋ぎは、……うむ、半蔵がよかろうかと。けっしてそれ以外の者には気取られてはなりませぬ。それでようございますか」

　家康はぎゅっと唇を嚙み締めた。

「いい歳をして、何ですか、そのお顔は」

　と、数正が笑った。

「その方が手際よく決めすぎるからだ」

「申し訳ございませぬ。ですが、これが数正にございます」

「……寂しくなる」

「忠勝も康政もお側におるではありませぬか。直政とて良き武者に育っております」

「かというて、お前の代わりにはならぬ。第一、お前を悪者にするなど」

「殿、また叱りますぞ」

未練を言うなと微笑んでから、数正は深々と一礼した。

「殿、どうぞお体大切に。どうか殿の手で戦のない世をお造りください」

ひたと見つめる数正の目を家康はしっかりと受け止めた。

「……わかった。数正もくれぐれも達者で暮らせ。於義丸を頼む」

「はっ、お任せを」

もう一度一礼すると、数正は立ち上がり踵を返した。

「その方の忠義、家康、生涯忘れぬ」

数正の肩が震えた。

「……失礼仕りまする」

数正の背中が泣いている。去っていくその後ろ姿を忘れまいと、家康は目に焼き付けたのであった。

天正十三（一五八五）年七月十一日、秀吉は近衛前久を猶父（仮の父）として、従一位・関白の宣下を受けた。

近衛家側は、一時的な仮の関白職というつもりだったようだが、関白職を握った秀吉は、その後、帝から賜った豊臣という氏を使うことで、関白職は豊臣の世襲とすべく動いていく。

それから四か月後の十一月半ば、石川数正は妻子を連れて出奔した。数正はすぐに秀吉から所領を与えられ、家来として仕えることになった。徳川の内情を知りつくした数正が秀吉側についたことで、家康はこれまでの軍制を全て刷新している。

翌天正十四（一五八六）年、家康のもとにはまたも秀吉から上洛要請が届いた。今度の使者は織田信雄で、和睦の条件があれこれ提示されたが、それでも家康は上洛を拒んだ。数正からの知らせで、秀吉が家康との決戦を避けようとしていることがわかっていたからだ。果たして、しびれを切らした秀吉は家康に対して懐柔策に出た。しかしそれは家康もあっと驚くことだったのである。

三　豊臣の女たち

一

「噂はまことにございましょうか？」

「阿茶さまなら、殿から何か聞いていらっしゃるのでしょう？」

その日、浜松城の奥では、阿茶を囲むように、西郡の方、於万の方、於愛の方、於都摩の方が集まっていた。

みな家康の側室たちである。一番若い於都摩の方で二十二歳、他は三十から三十八歳。阿茶以外はみな家康との間に子をなしていて、それなりの落ち着きを持つ者ばかりである。その彼女らがじっとしていられなくなって、阿茶に話を聞きたいと言ってきたのは、家康が新たに正室を娶るという話が回って来たからであった。

家康にはかつて築山御前という正室がいた。武田側に内通した罪で処断されたのが、七年前の天正七（一五七九）年のこと。於都摩の方以外はみな、そのときのことを生々しく覚えている。あれ以来、家康の正室の座は空いたままだ。

その座に関白・秀吉が目をつけた。秀吉は自らの妹・朝日を家康の正室にと言い出したのである。

阿茶はその話が来たときから、知っていた。

その日は、久しぶりに服部半蔵が顔を見せた。家康は半蔵と一緒に阿茶が煎じた茶を飲み、楽しそうに近況を聞いていた。三人でこうしていると、昔に戻ったような気安さが生まれる。阿茶も嬉しい思いで、軽口を言い合う二人を見ていた。

しばらくして、半蔵がもじもじとし始めた。何か言いたいことがあるのをずっと我慢していた様子である。

「いい加減、本題に入れ」

と、家康が促した。半蔵は少し阿茶を気にする素振りを見せた。

「席を外しましょうか」

阿茶が問うと、半蔵は首を振った。

「いや、いずれ知れることでしょうし」

半蔵はそう前置きしてから、「これを」と、家康に文を差し出した。

家康は怪訝な顔で読み始めたが、読むにつれ、渋い顔つきになった。

「……なんとまぁ。そこまでするか」

「受けずばなりますまいなぁ」

と、半蔵がお気の毒という顔をした。

「半蔵、お前、面白がっておろう」

「まさか。滅相もないことで」

そう答えつつ、半蔵は笑いを噛み殺している。家康は小さく舌打ちした。

「他に手はなかったのか」

「数正どのもこれが最善と思われたようでございますよ。あちらは殿にどうしても頭を下げさせたいのでございましょう」

家康は、やれやれとよけいに渋い顔をすると、文を火にくべた。それから阿茶に目をやると、一つ、吐息を漏らした。

「何か、お困りごとでも？」

と、阿茶は尋ねた。

「……苦労をかけると思うてな」

「はい？」

「秀吉の妹を娶らねばならぬ」

「秀吉……関白さまの妹御でございますか」

「うむ。それも実の妹だそうな」

「実の妹御……そのようなお方が」

阿茶が思わず問い返したのは、通常そういう場合、実妹ではなく、誰か養女を立てることが多いからだ。ましてや秀吉は家康より五歳ほど年上。その実の妹であれば家康と同じか、年が離れているとしても二十代ということはない。

それに、関白の実妹となれば、側室という扱いでは軽すぎる。

「……ご正室にということでございますね」

「そういうことだ」

と、家康は頷いた。

「朝日さまは、佐治（さじ）日向守（ひゅうがのかみ）の奥方であったが、離縁され、こちらにとのことで。歳も、そうですね、殿とあまり変わらぬかと」

と、付け加えたのは半蔵であった。

「わざわざ離縁をなされて、こちらに？」

「そのようだな」

家康は厄介な人質を押し付けられたという顔をしている。

「すまぬが、そなたが面倒をみてくれぬか。他の者にも仲ようにとな」

「……はい」

大切にもてなすよりほかはない。阿茶は神妙な顔で頷いたのであった。

数日前のあの夜のことを思い出しながら、阿茶は他の側室たちに、家康が正室を迎えるのは本当のことで、相手は関白の実妹・朝日であると告げた。

「殿から、お世話を仰せつかっております。どうかみなさまも仲ようにと」

「おいくつの方なのですか」

と、問うたのは、於万の方であった。

「殿と同じぐらいと伺っております」

「まぁ……では私たちよりも年上にございますな」

西郡の方が呟き、女たちはほっとしたような視線を交わした。正室に嫡男が生まれれば跡目争いが起きてしまう。しかし、四十代半ばの正室であれば、もう子を産むことはないだろう。それが女たちを安心させていた。

「どのような方がいらしても、私たちは共に手を携えて、殿をお守りしていくしかありますまい」

それまで黙っていた於愛の方が口を開いた。於義丸が秀吉の養子となった今、浜松城にいる男子は、於愛の方が産んだ長丸（七歳）と於都摩の方の産んだ万千代（四歳）

の二人だ。自然、長丸が嫡男としての扱いを受けており、その生母として、於愛の方の言葉には重みがあった。

「おっしゃる通りにございます」

と、阿茶は頷き、他の側室もそれにならった。

「阿茶さまにばかり、面倒をさせてしまうようで、申し訳ありませぬ」

と、この中で一番年若い於都摩の方が謝った。

「いえいえ、そのようなことは。於都摩さまは万千代さまのお世話がございましょうし、私がお世話をするのが一番かと」

阿茶は微笑んだ。

「みなさまも何かお困りのことがあれば、何なりと。お互い、おなごの身体の変わり目に近づいておりますす。気分が優れぬときには遠慮のう、おっしゃってください。あ、それと、今年中に駿府(すんぷ)にお城を移すとのこと。みなさまもそのお心つもりで」

「まぁ大変。もうお城ができますのか。昨年始まったばかりと思うておったのに」

「ほんに。新しいのは良いが、部屋はどういう造りになっているのであろう。我らの望みは通るのであろうか」

「そう、それ。部屋割りは決まったのでしょうか。まだなら、どなたにご相談すれば」

「ああ、面倒な。住み慣れたところの方がよいのに」

城替えと聞いて、一斉に女たちは口やかましく話し出した。

自分の居場所をどう作っていくか。過ごしやすい場所になるのか——。

城の中がその世界のほとんどになってしまう女たちにとって、それはかなりの重大事だ。

「……浜松に来た頃のことを思い出しますな」

と、於万の方が阿茶に囁いた。十六年前、二人ともまだ家康の寵愛を受けていない頃のことだ。住み替えの後片付けに翻弄された日々のことは阿茶もよく覚えている。

「あれをまたやるのかと思うと、ぞっとする。なぜに殿は駿府に行こうとなさるのであろう」

と、於万の方は、眉をひそめた。駿府は今川の人質として過ごした土地、そこに移ろうとするのが、少し理解しがたいのであろう。

「良き思い出もおありなのでしょう」

と、阿茶は答えた。実際、「浜松も好きだが、駿府も良かった」と呟く家康を何度か目にしたことがあった。「駿府と聞くと、おばばさまのお顔が目に浮かぶ」と懐かしそうに語っていたこともある。

家康にしてみれば、人質時代の辛い思い出と同時に、祖母である源応尼との懐かしい思い出も駿府にはいっぱい詰まっているのだ。そしてそれは阿茶も同じであった。源応尼に慈しみを受け過ごした日々は心安らかだったと今も思う。それに駿府は家康と出会った場所でもある。

何はともあれ、新しい正室が来ることよりも、城替えの方が、よりみんなの関心を引いたようだ。

「……ともかく、しばらく大変にございます」

阿茶は自分に言い聞かせるようにそう呟いたのだった。

二

天正十四（一五八六）年五月、秀吉の実妹・朝日が家康の正室として輿入れしてきた。関白の威厳を見せつけるためか、京からの花嫁行列はたいそう立派なもので、街道ではひと目見ようと、多くの見物人が出たほどだった。

「阿茶にございます。奥のことは何なりとお申しつけくださいませ」

「よろしゅう……」

側室たちの最後に挨拶した阿茶に向かって、朝日は蚊の鳴くような小さな声でそう挨拶した。小柄で髪に白いものもちらほら混じり、色黒で皺の多い朝日は、齢よりも老けて見える。華やいだ衣装が痛々しく思えるほどだ。

盃ごとは終えたものの、家康は朝日のもとで泊ることはせず、正室といっても名ばかりのものになることは、誰の目にも明らかであった。

阿茶は毎朝、ご機嫌伺いに朝日のもとを訪れた。

「何かお困りのことはございませんか？」

「……特には」

「では食べ物で口に合わぬものがあったらお教えください」

「何も」

朝日の口数は少なく、表情は乏しかった。御付きの侍女たちにしても、表情が暗い。

「お加減が悪いところは？　そなたら何か気になっていることはないか？」

と、侍女たちに問いかけても、みな頑なに首を振るばかりである。

朝日の気力が衰えているのは見て取れる。身体に良さそうなものを工夫して膳を用意してはいるが、あまり食も進まないのか、食べ残しが多いのも気になる。かといって、他に何か食べたいものはと尋ねても「何もない」と、素っ気ない返事がかえってくるだけだ。

どうしたらよいのか、わからず、阿茶は考えあぐねていた。

それと同時に城替えの準備もある。身の周りのこともそうだが、薬草園を駿府に移すのは難儀だ。遠くから集めた草木を枯らすわけにはいかない。どうやって持っていこうか、思案が続く。

今、薬草園では芍薬（しゃくやく）が見事な花を咲かせていた。牡丹がぼってりと大きく華麗な花なのに対し、芍薬の花はほんの少し小ぶりで、楚々（そそ）とした美しさを感じさせる。甘く優しい芳香もある。それに目や鼻で楽しむだけでなく、芍薬は、薬の字が使われている通り、生薬としても優秀で、その根には鎮痛、鎮痙（ちんけい）、消炎作用があり、胃痛や月経痛、こむら返り、四肢のひきつりにも用いることができる。大変、使い勝手のよいもので、阿茶はこの花が好きであった。

阿茶が、あれこれ算段を考えつつ、芍薬の芳香が漂う中を歩いていると、茜が息を弾ませやってきた。

「阿茶さま、ようやくわかりました！」

「何が？」

「朝日さまです。なぜあのようにお元気がないのか。聞いてまいりました」

茜なりに朝日のことを気にかけていたようで、侍女は侍女同士と、仲良くなった朝日の侍女に話を聞くことができたのだという。

「もとは明るいお方だったと。あのようになられたのは離縁の後のこと」

「やはりな」

それは予測がついていた。仲の良い夫婦であったとしたら、政略のために離縁させられたのはさぞや辛い出来事だったろう。

「はい。それだけではなくて……」

茜は少し言いよどんだ。

「よいから、教えておくれ」

「はい。私に教えてくれた者の名はご勘弁くださいますか」

「むろん」

「実は……離縁なされた方はお亡くなりに。それもご自分でお命を絶たれたそうにございます。関白さまのご命令に異を唱えた形として葬儀も執り行われず、そのこと漏らしてはならぬときつく言われて来たとか」

「えっ……」

阿茶は絶句した。長年連れ添った相手と離縁させられたのも辛い出来事だったろうが、その相手が自ら命を絶っていたとは……。喪に服すことも許されず、嫁いできた朝日の胸中はどのようなものだったのか。

「朝日さまはあまり寝ておられぬご様子だとか。よくうなされておられると」

気鬱の病に罹っているのは明らかだ。

「それと、お好きな食べ物は川海老だと、そう伺いました」

「……うむ、わかった。よう教えてくれた」

阿茶は礼を言ってから、良い香りを放っている芍薬の花を数本切って、茜に渡した。

「これを朝日さまのもとへ。活けてお持ちするように」

「はい」

次の日の朝、いつものように阿茶は朝日のもとに向かった。

「おはようございます。本日のご機嫌はいかがでございましょう」

上座に座った朝日を前に、阿茶はいつものように朝の挨拶をした。昨夜の御膳には好物だという川海老を使ったが、食べた形跡はなかった。

「おはよう……」

朝日はいつものように、小さく答えた。気鬱の病だとしたら、声は小さくとも、こうして話をしてくれるだけよいと思わねばならない。しかし、その目が泣いた後のように腫れぼったく、むくんでいるのが、いつも以上に気にかかる。

その背後、床の間には芍薬の花が飾られていた。

「芍薬は、お気に召しましたでしょうか」

「あ、……ああ、美しい」

朝日がかすかに微笑んだ。

「少し外へいらっしゃいませんか。今日は天気もようございます。満開になっている様子をお見せしとうございます」

阿茶の誘いに、朝日は少し躊躇いをみせたものの、小さく頷くと、腰を上げた。

阿茶は朝日を薬草園に連れて行った。

見事な芍薬の花の出迎えに、朝日は和らいだ笑みを浮かべた。

「芍薬の根は良き薬になるのでございますよ。足が攣(つ)ったときなどよう効きます。あちらは、花は終わってしまいましたが、牡丹の木でして、これも根が薬になります」

「あれは百合(ゆり)か」

朝日が指さす先には、百合が重たげに大きな蕾をいくつもつけている。

「ええ、百合はお好きでございますか？」

「ああ」

「花が咲いたらお持ちいたしましょう。百合の根もよく眠れぬときなど食すとよいものです」

「百合根か……あれはほっこりとよいものじゃ」

「はい。朝日さまのお身体にもとてもよいと思われます」

「よう、知っておいでじゃな。ここも丁寧に作られていて草木が喜んでいるようじゃ」

「お褒めいただき、嬉しゅう存じます。毎日手入れをしている苦労が報われるというもの」

「……阿茶さまが手ずから、ここのお世話を」

「はい。私は名もなき生まれにて、草木を愛でる方が性に合うております」

阿茶が名もなき生まれと聞いて、朝日は少し驚いた表情になった。

「私も、名もなき生まれじゃ」

ぽつりと朝日は呟いた。

「中村（なかむら）のお生まれと伺いましたが」

「おお、そうよ。中村の在でな。百姓をしておった」

朝日は咲き誇る芍薬の花の前に佇むと、その中にあった病葉（わくらば）を慣れた手つきでむしった。

「ありがとうございます」

と、阿茶はその病葉をもらい受けた。

「……昨夜の……昨夜御膳に出た川海老は、そなたが？」

「はい。良きものが手に入りましたので……ですが、お口に合わなかったようですね」

阿茶の返事に、朝日は首を振った。

「いや、好物じゃ。けれど、よう口にできなかった……昔……」

朝日は苦しそうな表情を浮かべている。阿茶は先を促さず、朝日が話してくれるのを待った。

「昔、甚兵衛（じんべえ）どのが……川へ出るのがお好きでな。よう獲ってきてくれていた」

朝日の目からぽとりと涙がこぼれた。

「いかん、いかん、このようなこと言うてはまた叱られる」

と、朝日は慌てて袖で涙を拭った。

「誰が叱るというのですか。ここには朝日さまと私、それに侍女しかおりません。お辛いことはお辛いとおっしゃればよいのです。誰も咎めはいたしません」

「違うのじゃ、叱るのは甚兵衛どの」

「えっ……」

驚いた阿茶に向かって朝日はこう続けた。

「約束をしたんじゃ。わしが死んでも元気でおれと。思い出してはならんと。けど、元気ではおれぬ。何を見ても思い出してしまう」

「……仲の良いお相手だったのでございますね」

朝日は苦笑した。

「喧嘩ばっかりしとった。意地っ張りなお人でな。何かというと、たわけじゃ、あほじゃと」

「ではそのような約束、できぬと怒ってやりなされ。大事なお人が死んで元気でおれという方が無理。思い出す出さぬはこちらの勝手じゃと。だいたい殿御は勝手なのです。残された者がどれほど辛いかなど考えもせず、意地を通して死ねばよいと思っておられる。なぜ生きようとなさらぬのか、辛い目に遭わせておいて、忘れよなどと、大たわけはそちらの方じゃと」

阿茶はなぜにこんなにも腹が立ってくるのかわからず、それでも止めようもなく、気づけば、大たわけなどと悪口まで言ってしまっていた。

「あ、申し訳……口が過ぎました」

慌てて謝ろうとしたが、朝日は首を振り、微笑んだ。

「ほんに……ほんにその通り。阿茶さまの言う通り」

そう言いながら、朝日の目にはまた大粒の涙が浮かんでいた。

「大たわけじゃ、ほんに大たわけじゃ……」

そうして、朝日はこらえきれない小さな子供のように袖で顔を隠すと泣き始めた。

阿茶は朝日の涙が収まるまで、静かにその肩を抱き続けたのだった。

その日から、朝日は少しずつ食が進むようになった。気鬱の病はすぐに治るというものではなかったが、それでも土をいじると落ち着くといって、時には、阿茶と一緒に薬草園にも出るようになったのであった。

三

夏が過ぎ、秋風が吹くようになっても、家康は頑として動こうとせず、秀吉からの上洛要請を無視し続けていた。

「なぜじゃ！　なんでまだ挨拶に来ぬ！　わしは関白秀吉じゃぞ。しかも兄になったのじゃ。兄のもとへ来るに何の躊躇いがある！」

秀吉が苛ついている様子は数正からの文でよくわかっていた。しかも、秀吉は、家康の上洛に障りが出ないようにと、関東以北の諸大名に向けて、「惣無事（私戦禁止）」を命じるという。

「さて、どうしたものかの」

評定を開いた家康に、家中の者もどこまで秀吉の要請を無視してよいか、躊躇いが出始めていた。好戦的な本多忠勝でさえ、「何やら、追い込まれて来た感がありますな」と言い出すほどであった。

そこへもってきて、また新たな使者がやってきた。

「このたび、関白さま御母堂大政所さま、朝日さまお見舞いのため、三河ご訪問なさいます。よきにお計らいを」

数正から秀吉が何か策を考えていると聞いていた家康もこれには驚いたし、家中の者も唖然となった。見舞いと称しているが、実質的には母親を人質とするから、上洛せよというのと同じ意味となる。朝日を正室にと言い出したときも驚いたが、これはそれに輪をかけた、秀吉一世一代の賭けに思えたからだ。

「いやしかし、これは罠かもしれませぬ。母親を差し出すなどあろうはずが。おそらく偽物を出してくるつもりのはず」

誰もが上洛に傾いている中、井伊直政はひとり頑なに言い張った。

「……かもしれぬ。しかし、それならば二人を会わせればわかるというもの」

家康は、上洛は大政所到着を待って執り行うこととしたのである。


朝日が嫁いできてから五か月後の十月十八日、秀吉の母・大政所が岡崎城に到着することになり、その前日から、阿茶は朝日と共に岡崎城に入っていた。

母娘の対面で何か少しでも綻びが見えたら、すぐさま知らせるようにと家康から命じられてもいた。

「偽物が来ても、朝日は嘘をついて庇うかもしれぬ。そうなってはわからんからな」

「そのような器用なお方ではございません」

この五か月、側にいて、朝日が愚鈍なほどに正直な女であることはよくわかっていた。朝日は大政所が来ると聞いてからは、嬉しさを隠せない様子で、みるみる元気を取り戻していた。

「かかさまに、心配はかけられん」

そう言って微笑む姿を見ているだけに、偽物だとわかればどれほど落胆することか。どうか、本物が来てくれることを、阿茶は心から願っていた。

当日、関白への礼を尽くすために、家康は重臣たちを従えて、大政所の輿（こし）の到着を待っていた。もちろん、その中には落ち着かない様子の朝日と、それに寄り添う阿茶の姿もあった。

輿が着き、中から白髪頭の小柄な老婆が姿を現した。金襴刺繍（きんらんししゅう）の豪華な打掛を重そうに纏（まと）っている。老婆は大きく伸びをすると、腰をぽんぽんと叩いた。

「あぁ、いてててぇ……やっと着いたかね」

「かかさま！　かかさま」

朝日は、家康も阿茶も驚くほどの大きな声で叫ぶと、老婆に向かって駆け寄った。

「いやぁあ、朝日じゃ！　朝日ぃ！」

これまた大きな声で老婆が答える。

二人は人目もはばからず抱き合うと、互いの無事を確かめ合うように、互いに身体を撫で始めた。

「達者かえ？　達者かえ？」

「はい。かかさまも。さぞやお疲れでございましょう」

「なんの、なんの、お前に会えると思うと、こんなもん、苦になりゃせん」

ひとしきり確かめ合うと、今度は嬉し泣きを始めるという具合で、家康も重臣たちもしばしあっけにとられた。

阿茶はほっと胸を撫でおろし、多くの家臣も母と娘の再会に微笑し、大政所偽物説を唱えていた直政ですら、二人の涙にもらい泣きをし、鼻をすする始末であった。

家康は家臣の様子をひと通り見渡してから、「間違いなさそうじゃな」と、阿茶に囁（ささや）いた。

「はい。大政所さまに違いございますまい」

家康は頷くと、大政所のもとへ歩み寄った。

「……ようおいでござった。家康にござる。どうぞ奥へ」

「おお、これが婿どのか。朝日がいつも世話になってすまんの」

「いえ、行き届きませず、大政所さまにはどうぞごゆるりと」

家康が畏まると、大政所は小柄な身体や齢からは考えられないような、元気な声を出した。

「いやいや堅苦しい挨拶は抜きにしてちょ。わしはそういうのは苦手じゃで。わしは朝日と話せりゃ、それでええ。飯も立派なもんは要らんでな」

「は、はぁ」

　家康は苦笑して応じた。

「ささ、かかさま、こちらへ」

　朝日が大政所の手を取り、中へといざなった。

「どれどれ、あぁ、ここはええのぉ。わしはこれくらいの小さな城の方が好きじゃわい。さて、わしの部屋はどちらかいの。そこで休ませてもらおうかの。ちと疲れたで」

「は、はい、こちらに」

　阿茶は慌てて、先導しようとし、家康は苦笑いを浮かべたまま見送ろうとした。

「あ、いかん、いかん」

　行きかけた大政所は、家康のもとへ戻って来た。

「忘れるとこじゃ。婿どの、土産はた〜んと持ってきておるからの。あとでみなに分けてやってくれ。ええな」

「あ、はい」

「ほんじゃあ、たのむな」

と、大政所は気安げに家康に向かって笑いかけてから、朝日と手を取り合って、阿茶の後ろに続いた。

「どんな具合であった？」

その夜の寝所で、阿茶は家康からそう問われた。

大政所は、夕刻、家臣たちが集まった歓迎の宴に姿を見せたものの、挨拶もそこそこに、すぐに朝日と部屋に引きこもってしまったからだ。

「ずっとあの調子でございました」

と、阿茶は答えた。

「お二人で、あれこれと長い間お話をなさっておられました。朝日さまもとても和んでおられて、あのように嬉しそうなお顔、初めて見ました」

「そうか。それにしても凄まじい。あの母にして、あの秀吉ということだろうな」

「関白さまはそんなに似ていらっしゃるので」

「ああ、あの逞しさ……いや、図々しさか」

「殿……」

そんな言い方はよくないと阿茶は首を振ってみせた。

「けれど、そなたもそう思ったであろう。突然人の懐に飛び込んでくる。天衣無縫(てんいむほう)というか、なんというか、あの遠慮のなさには参る」

阿茶も苦笑し頷いた。

「さて、しばし留守にするが後は頼んだぞ」

家康は上洛すると阿茶に話した。

「大政所がこちらにおる限り、心配は要らぬであろう。逃げられぬようによう見張っていてくれ」

「わ、私がですか」

「うむ。一人では不安か。……では誰か付けておこうか。誰がよい？」

阿茶は歓迎の宴での大政所の様子を思い浮かべた。

「井伊直政さまがよろしいかと。大政所さまが、可愛らしい、まるで雛(ひな)のような若武者じゃと仰せでした。お二人が会われたときも、直政さまはもらい泣きをなさっておいでにでしたし……」

「直政か。しかしあいつは……。いや、いい。そうしよう」

翌日早々、家康は井伊直政を世話係として残し、京へと旅立っていったのであった。

「誰ぞぉ！　おらんかのぉ、虎どのはどこぞ！」

夜も明けきらぬうちから、大声が響いている。大政所だ。阿茶は慌てて身支度を整えると、廊下に出た。

「これは大政所さま、お早いお目覚めで。そのお召物はいかがなされて」

大政所はまるで野良仕事をする農民のような姿で草鞋を履いて庭にいた。

「お前らぁが、遅いのじゃ」

「あいすみませぬ。何かお探しのものでも」

「裏にえりゃ立派な柿の木があるじゃろ。あの実を採りたいのよ。あのままじゃ、烏が食べてしまうだけじゃで」

「あれは烏も嫌がるような渋柿で」

「渋！　そりゃええ、はよう採らんと。虎どのを呼んでちょ」

そこへ、押っ取り刀で井伊直政が現れた。寝ているところを飛び起きてきたと見えて、慌てて着つけた衣姿で髪は寝癖がついたままだ。

「おお、虎どの、虎どの、頼まれてくれんかのぉ」

直政を見た大政所は嬉しそうな声を上げた。直政は幼名を虎松という。家康が「この者、顔に似合わず、子供の頃は虎と呼ばれておりまして」などと紹介したものだから、大政所は虎どの、と呼ぶようになってしまったのだ。初めは呼ばれる度に「直政にございまする」と訂正していた直政だったが、そのうち諦めたのか、「虎どの」と呼ばれると、「はい」と応じるようになっていた。

「大政所さま、何をお頼みで」

「柿じゃぁ、採って欲しいのよぉ。はよう、こっちじゃ」

大政所は直政の手を引いて、急かした。

「は、はい。では梯子を用意しませんと」

「なんじゃ、若いくせに柿の木ひとつ、登れんのかぁ」

「虎は木には登らぬものにて」

「おお、確かに。その綺麗な顔に怪我をされてもかなわんしな」

と言いつつ、大政所は直政の髪や衣の乱れを直そうとする。その様子はまるで可愛い孫に接する祖母と変わらない。

「誰ぞ梯子じゃ、梯子を持ってきてくれんかのぉ」

「あ、はい。すぐにご用意を」

と、阿茶が返事をし、直政が申し訳ないというように頭を下げた。

大量に採って来た柿をさっそく干し柿にするための作業が始まった。洗って皮を剝いて、紐(ひも)で縛って軒(のき)に吊り下げて……と一連の作業の陣頭指揮を大政所は嬉々として執り行った。

「おお、ようできた、ようできた」

軒から赤い玉暖簾(たまのれん)のように、柿がぶら下がったのを見て、大政所は満足げに笑っている。

「はぁ……」

これではまるで農家の座敷にいるようだと思いながらも、阿茶は頷いたのだが、ふと横を見ると、直政は意外にも嬉しそうな顔をしている。

「昔を思い出しまする。あれが甘うなるのが楽しみで」

直政は、幼い頃、こうして吊るされた柿を見上げていたときのことを懐かしそうに話した。井伊家の嫡子として生まれた直政だったが、早くに父を誅殺(ちゅうさつ)され、家康に仕えるまで、不遇の日々を過ごしていたという。

肉親の情というものに飢えていたのかもしれないと阿茶は思った。

「正月にはええ具合にはできようてな、食べたらええ」

と、大政所は満足げだ。

「しばらく経って乾いてきたらな、忘れんと、柿をこういうふうに優しゅう揉まんといかんのじゃ。そうするとねっとりと旨うなるでな」

と、大政所は親指で実を揉む真似をしてみせた。

「ああ、剝いた皮じゃが、捨ててならぬぞよ」

「はい。わかっております。皮は皮で干しておりまする。蔕(へた)はしゃっくりに効く妙薬にございますし」

と、阿茶は答えた。天日干しした柿皮は、薬茶に使うつもりでいた。

柿は昔から「柿が赤くなれば医者が青くなる」といわれるほど、その実はむろんのこと、根、樹皮、葉、花、種と余すところなく薬効がある。特に蔕は胃の気を降ろすと考えられており、丁子(ちょうじ)と生姜(しょうが)を加えた柿蔕湯(していとう)はしゃっくりを止めるのに効く。

「ほぉ、蔕がしゃっくりにか。皮はな、甘味があるで、わしは漬物に使うのが好きじゃ。葉っぱは茶にするがええ」

「なるほど、それもよろしゅうございますね。今度やってみます」

そう阿茶が答えると、横で手伝っていた朝日が「ようございましたね」と、大政所を見た。

「ああ。関白どのは貧乏くせぇと言って、なぁ〜んもさせてくれんからな。久々に楽しかったわい」

大政所の声が寂しそうに聞こえてしまい、阿茶は思わずこう答えた。

「他になさりたいことがございましたら、どうぞご遠慮なく」

「ほんに、ほんにええのかいのぉ」

「あ、はい……」

頷いてしまってから阿茶はまずかったかと思ったが、もう遅かった。

大政所は嬉々として、畑を作ると言い出した。

「畑でございますか」

家康が留守の間に、城中畑だらけにされたらどうしようかと、阿茶は一瞬身構えた。

「ああ、けんど、あれか、わしもずっとここにおるわけにはいかんな。そしたらあれじゃ、村のもんらぁを集めて、なんぞ楽しいことはできんかの」

「村人をでございますか」

「うむ。わしは子ぉの笑い声が好きじゃて。戦で親を亡くした子ぉらぁがおるじゃろ。そういう子ぉらぁに、菓子など配ってやりたいわ。金なら関白どのが持たせてくれておるし、心配はない。わしはもうええべべも要らんでな。なんぞ、子ぉらにやりたい」

「……なるほど」

戦が続いた世の中にあって、もっとも害を被っているのは、村の人たちである。戦場になってしまえばせっかく耕した田畑を荒らされるし、乱暴を受ける女も出る。兵に取られた若者は、運が悪ければ死んでしまうし、良くても怪我を負って野良仕事ができなくなった者もいる。親を亡くした子はもっと悲惨だ。その子たちに何か施してやりたいという大政所の願いは、合点がいくし、人として尊敬できる。

「前々からやってみたいと思うておったが、関白どのは城から出るなの一点張りでな。わしを床の間に飾っておきたいらしい。けんどそれじゃ生きてる張り合いっちゅうもんがない。元気なうちは外に出て、なんぞしたいわい」

それを聞いて、直政が困ったという顔になった。

「しかし城外に出るのはちと難しいかと。どうか、それだけはご勘弁を」

家康からしっかりと監視するように命じられている手前、それだけは許すわけにはいかない。直政が頭を下げると、大政所は「どうしてもかぇ」と切ない声を出す。

「はい、どうしても」

仕方ないと頷いたものの、大政所はかなり不服そうだ。

城替えの準備も終わっていないのに、これ以上仕事が増えるのは勘弁して欲しいが、このままでは終わりそうもない。覚悟を決めて、阿茶はこう提案することにした。

「では、子らを集めて城へ連れてまいりましょう。そこで何かお配りを。大政所さまのお優しさはきっと皆を喜ばすことでしょう」

「さようか！　ええんか」

「はい」

「ほな、さっそくやってくれ。のう、朝日、何をやればよいかのぉ」

大政所は朝日と相談して、団子を作って配りたい、踊り手を呼びたいと言い出した。阿茶は茜と共に、団子を作るための材料集めから、当日の手配に追われ、直政は直政で、城内の者たちに根回しをし、里を回って声をかけてと、大忙しで立ち働いた。

当日は、旅の芸人たちもやってきて、城内はまるで祭りのような騒ぎになった。城内外問わず、人々が集い、笑い、踊るという具合で、その輪の中心で、大政所はたいそう機嫌よく、子供たちに接していた。

「みな、楽しそうにしておりますな。やって良かったということか……」

賑(にぎ)わいでいる輪の外で眺めていた直政が阿茶にそう呟いた。

「ええ。ご苦労さまにございました。これも直政さまのおかげ」

「いえ、阿茶さまこそ。それにしてももういい加減にしてもらいたいもので……」

「虎どの！　そこで何しとる。こっちじゃ、こっち！」

「はい、ただいま！　ただいま参りまする」

大政所に呼びつけられ、直政は苦笑いを浮かべつつ、駆けて行った。阿茶はその様子を眺めつつ、大政所の逞しさに感心しきりだったのである。

小牧長久手の戦いから既に二年の月日が流れた天正十四（一五八六）年十月二十七日、家康は大坂城で秀吉に謁見し、臣下の礼をとった。

諸侯の前で家康を臣従させることができた秀吉が、喜んだのは言うまでもない。

長居は無用とばかりに、家康はさっさと帰途につき、十一月十一日には岡崎に戻ってきた。そして翌日には大政所を戻す手配を進めた。

「なんじゃぁ、もう少しおりたかったのぅ」

すっかり岡崎が気に入った様子の大政所であったが、「関白どのがお寂しいと仰せでした」と家康に促されると、それはそれで嬉しい様子で、「仕方ないのぅ」と腰を上げた。

大政所を大坂へ送り届ける役目は、当然のごとく、直政が務めることになった。

「私がお供をいたしますからご安心を」

「そうか、虎どのが一緒にの。おお、それは良い」

嬉々として輿に乗り込む大政所を見て、家康は苦笑を浮かべた。

「……直政はえらく懐かれたようだな。帰ってこられるかな」

すると、直政は真剣な表情になり、むきになってこう答えた。

「ご心配なく、私は必ず殿のもとへ戻ってまいりますゆえ」

そのまま取り込まれるようなことはけっしてありません――ぎゅっと唇を噛み締めた顔は、そう言っているようであった。

秀吉は、大政所を無事送り届けた直政に対して、歓迎の茶会を開いてねぎらおうとした。

「関白さまがおいでになるまで、こちらでしばしお待ちを」

石田三成に案内されて、控えの間に入った直政は、先客として石川数正がいることに気づいた。挨拶もせず、むっとした表情を浮かべた直政は、三成に向かって、こう言い放った。

「このような不忠義者と同席はできかねまする！」

そうして、数正を睨みつけると、直政は三成が止めるのも聞かず、あろうことか、そのまま帰ってしまった。数正がどのような思いで秀吉のもとにいるかなど、この若武者は知る由もなかったのである。

「何？　帰ったじゃと？」

三成から直政が怒って帰ってしまったことを聞かされた秀吉は、目を剝いた。当然だろう。関白の茶を断って帰ってしまうなどありえないことだ。

数正はすぐさま、秀吉に手をつき謝った。

「私のせいにございまする。なにとぞ、ご容赦願わしゅう」

「いえ、それを言うなら私のせいにて。お二人の因縁を考えず、同じ部屋にお通しした私の配慮が足りませなんだ。どうぞお許しくださりませ」

と、三成が神妙な顔をした。

「なんでお前らが謝る。無礼を働いたのは直政じゃろうが。……まぁ、ええ。大政所がえれぇ世話になったと言うとるし、許してやろうかの。お前らは気にせんでええ」

秀吉は鷹揚（おうよう）に笑ってみせたが、すぐに数正を窺うような目で見た。

「のう、三河者は律儀（りちぎ）な頑固者というが、これがそういうことかの」

「は、まぁ、そういうことで。特に直政は若うございますから」

「ふ〜む、若いのぅ。数正も昔はああだったということじゃな。昔はな」

このとき、数正は背筋に冷たいものが流れるのを感じた。

秀吉は笑っているが、どういうつもりでそれを言っているのか。その言葉にひんやりと毒が仕込まれているような気がする。三成にしてもそうだ。無表情の仮面の下で何を考えているのかわからない。もしや直政と会すことで、試そうとしたのではないだろうか。幸い、直政が直情型な男で助かったが……。

「ハハハ、とにかくお前のせいではないわ。気にするな」

大笑いしてみせると、秀吉は数正の肩をポンと叩き、部屋を出て行ったのであった。

四

天正十五（一五八七）年が明けた。

「おめでとうございます」

「本年もよき年になりますように」

暮れに浜松から駿府へと移ってきたばかりで、城の中はまだ整理しきれていないところが残っている。が、その一方で、新築の清々しい木の香りは人の心を落ち着かせるのか、阿茶はじめ奥の女たちはみな安堵の表情を浮かべ、新年の挨拶を交わしている。

阿茶は元日の朝、早く起きて汲み上げた若水で手を清めると、家康が家臣たちに振舞う御膳の準備を取り仕切った。

まずは大晦日から仕込んでおいた屠蘇散（とそさん）（薬酒）を用意する。屠蘇散は正式には屠蘇延命散という。身体に良い様々な生薬を酒やみりんにひと晩浸しておくもので、平安時代に中国（唐）から伝わった。邪鬼を屠（ほふ）り、蘇るという意味から、一年間の無病息災を願って、正月に飲まれるようになったものである。

「では、みなの息災を祈っていただこう。本年も気張ってくれ」

家康から、屠蘇散を振舞われた重臣たちはみなにこやかな表情で、祝膳を楽しみ始めた。ここに集う者たちにとって、これほど心穏やかな正月は久々のことだ。

阿茶の周りでも侍女の茜に良き嫁入り先が決まり、めでたいことが続いている。

このとき、東国は一種の休戦状態に入っていた。駿河の東、北条は油断がならぬ相手ではあったが、当主の氏直には家康の次女督姫が正室として嫁ぎ、二人めの子も生まれたばかりで、仲良く暮らしていた。

戦の心配のない正月がこれほどみなの心を安らかにするのか――

これは秀吉の「惣無事（私戦禁止）」令によるもので、家康が自らの手でなしたことではないのが残念ではあったが、それでも戦のない世の中が目の前にやってきている気がして、阿茶は嬉しく思っていた。

前年に四国攻めを成し遂げ、秀吉の天下統一はあと九州平定を残すのみとなっていた。当時の九州は薩摩の島津義久と、豊後の大友宗麟が睨み合いを続けており、秀吉は関白として「惣無事」を命じた。大友は即座に停戦を受け入れたが、島津はこれを拒否、そればかりか、「秀吉のような成り上がりを関白とは認めない」と真っ向から否定した。島津側からすれば、九州のほぼ全ては掌中にあり、あとは大友を潰すのみと考えているところへ、横やりを入れられた思いだったのだろう。

だが、そんな侮蔑を言って無事に済むはずがない。秀吉は大友に泣きつかれたこともあり、黒田官兵衛を軍監とし、中四国の諸大名にも号令、島津攻めに乗り出した。

最終的には秀吉率いる九州平定軍はおよそ二十七万にも及んだ。対して迎え撃つ島津軍は五万ほどで力の差は歴然としていたが、戦は長期に及んだ。幾度かぶつかり合い、激戦の末、翌天正十六（一五八八）年五月、ついに島津は降伏、九州は秀吉の手に落ちたのであった。

七月、秀吉は九州から凱旋。家康はそれを祝すために、上洛することになった。

この度の上洛には、阿茶が伴われ、大坂城にて家康が秀吉への挨拶をしている間、阿茶は大政所や秀吉の正室・北政所（きたのまんどころ）と会うことになった。

北政所、名は於寧（おね）という。父は織田信長の家臣杉原助左衛門（すぎはらすけざえもん）。百姓から足軽になった秀吉と違ってれっきとした武家の出である。秀吉との間に子はできなかったが、一族の子女を可愛がり、多くの人から慕われる存在で、秀吉も彼女には頭が上がらず、家康ら諸大名も北政所の内助の功には一目置くという。いったいどのような方なのか、阿茶は北政所に会うのが楽しみであり、少し怖くもあった。

「なんじゃぁ、朝日は来ぬのかえ」

久々に会った大政所の第一声はそれであった。相変わらずの元気の良さであったが、朝日が来ないことを知ると、不満顔を隠そうともしない。

「ご一緒に伺いたかったのですが、少しお風邪を召されておりまして」

「それはえれぇことだが。大事ないのかえ」

「ご心配には及びません。次には必ずお連れするからと、殿よりのご伝言にて」

「必ずそうしてな、婆が頼んでおったと、よう婿どのに頼んでおくれよ」

「はい」

阿茶と大政所のやり取りを、秀吉の正室である北政所はにこやかな表情で静かに見守っていたが、大政所が落ち着いたのを見ると、即座にこう挨拶をした。

「よう参られました。岡崎では大政所さまがようようお世話になった由、かたじけなく存じております」

北政所は、大政所や朝日とは全く印象が異なった。阿茶より少し年上か。顔立ちは若い頃さぞや愛らしかったろうと思わせる。眼光はするどく、声には落ち着きがある。前には出ないが、それでいて流されるばかりではない賢さを感じさせる。

「ご挨拶が遅れまして。阿茶にございまする。この度は関白さま、九州を無事治められた由、お祝い申し上げます」

「戦のことはようわかりませぬが、こうして敵味方のうお会いできるのが一番じゃと思うております」

「はい。それは私も」

阿茶の返事に、北政所は温かみのある笑顔を浮かべた。これまで数多くの苦難を乗り越えてきた自信がにじみ出ているようだ。そのとき、奥から華やいだ若い女の笑い声が聞こえてきた。その声を聞くなり、大政所はそそくさと席を立った。

「あぁ、わしゃ、部屋に引っ込むでな。於寧さぁ、あとはよろしゅうな。阿茶どののごゆっくりの」

「はい。どうぞ。後はお任せを」

大政所は北政所を昔ながらの呼び方で声をかけると、出ていった。その姿を見送ってから、北政所は、阿茶に囁くようにして、改めてねぎらいの言葉をかけた。

「……さぞやご苦労をおかけしたのでしょうね」

「いえ、さほどのことは」

阿茶が首を振ると、北政所は少し微笑んでから、さらに声を落とした。

「あの義母さまにも苦手なものがございましてね……」

と、隣の部屋へ目をやった。

そのようなものがあるとはいったい――不可思議な思いの阿茶には構わず、北政所は、「お待たせいたしました。どうぞ、お入りを」と声をかけた。

襖(ふすま)が開いた途端、阿茶は部屋が、ぱぁっと明るくなった気がした。それが、そこに並んだ花のように美しい三姉妹のせいだと気づき、さらに驚きが増した。

「お市さまのお子たちにございます。茶々さま、初さま、江さまで」

これが噂に聞く、織田信長の姪たちか――。阿茶は思わずまじまじと三姉妹を見てしまった。三人とも長い黒髪は艶やかで、白く陶磁(とうじ)のような肌をしている。真ん中、ひときわ美しく大きな目をした娘が茶々、左に少しおとなしそうな初、右に江が座っている。彼女らの父は織田信長と袂を分かち、攻め滅ぼされた浅井長政。その後、母お市と共に柴田勝家の居城・越前北ノ庄城に身を寄せていたが、四年前、秀吉により城は落とされ、お市は柴田勝家と共に死を選んだ。いわば秀吉という敵の庇護を受けている身だ。しかし、どの姫も全くもって卑下したところがない。茶々に至っては、阿茶の方から礼をするのが当然とばかりに、凛と背筋を伸ばしたままでいる。

「徳川の阿茶にございます」

「であるか。茶々じゃ、こちらは初と、江じゃ。見知りおかれよ」

阿茶の挨拶に対し、茶々はそう応えた。年下ながらその声には、思わず首を垂れたくなるような威厳があり、阿茶はさらに驚いた。

「そのおっしゃりようは」

と、北政所が咎めようとしたが、茶々は何が悪いのかと逆に問いたそうな顔をした。

「関白殿下は、茶々はこれでよいと仰せじゃ」

その答えに「ふふっ」と末妹の江が笑い、初は少し困った顔になった。茶々と北政所の間に入って苦労しているのが初ということらしい。

「阿茶さま、長旅ご苦労に存じます。北政所さま、ご挨拶が済みましたので、我らはこれにて失礼してもようございますか」

と、初が言い出し、北政所が頷いた。

「では、参ろう」

茶々はそう言うなり、席を立った。初と江は一礼してからそれに続いた。

三姉妹を見送ると、北政所はやれやれというように小さく息を漏らした。

「……立派な姫さまにございますな」

阿茶がそう呟くと、北政所は「ええ」と小さく頷いた。

「お可哀そうな姫たちなのです……」

だから、少々の無礼は許してやって欲しい——そう言っているような口ぶりだ。

「お輿入れのお話もそろそろおありでは」

「ええ、江さまは甥の秀勝（ひでかつ）のもとに、初さまは京極高次（きょうごくたかつぐ）さまと娶（めあわ）せるということで決まっております」

「それはおめでたい。なんぞお祝いをせねば。で、茶々さまは？」

一番年長の茶々に縁組の話がないはずがない。阿茶は軽い気持ちで尋ねたのだが、北政所は「さぁ」と微妙な顔になり口をつぐんだ。言いたくない、触れられたくないという素振りで阿茶は戸惑った。

「ところで、城の中でご覧になりたいところはございますか。それとも何か観たいものなどあれば、用意させますので、ご遠慮のう」

「あ、はい。かたじけのう存じます。どうぞお気遣いなく」

家康と二人になってから、阿茶は戸惑ったことを話した。すると、家康は「なるほど」と、合点がいったという顔になった。

「殿は何かご存じで？」

「秀吉はあの姫を側室にするつもりよ。いや、もう手がついているのかもしれんな」

「はい？　しかし、茶々さまはまだ二十歳にもなるやならず、関白さまは確か五十を超えられたはずでは」

「何の不思議もない。どうしても欲しいのであろうよ。主家筋の姫を我がものにしたいと願うとは、いかにも成り上がり者らしいというか、なんというか。しかし、もしあれが男子であれば、関白は命を奪っておったかもしれんしな」

「そんな……」

――お可哀そうな姫たちなのです。

阿茶は、北政所が言った言葉を思い出した。あれはそういう意味だったのか。

あれほど美しく勝気な茶々が、初老の秀吉の腕に抱かれている姿は想像がつかない。

いや、想像したくもなかった。そして、それに北政所がどれほど心を痛めているのか。どんな思いであの言葉を発したのだろうか――。

「……どうかしたか？」

家康が心配そうな顔をしている。

「いえ。私は恵まれていると……無理強いされることもなく、こうして殿の側にお仕えできることは稀有なことかもしれぬと、そのように」

阿茶はそう答えるしかできなかったのである。

家康を臣下に従えた秀吉の勢いは止まらず、諸大名に対しては「惣無事（私戦禁止）」を徹底の上、百姓農民に対しては「刀狩り」を発令し、武器を取り上げた。さらに検地を行うことで、適正な年貢を取り立てるなど、強烈に天下統一の施策を推し進めていった。家康もまたそれにならい、天正十七（一五八九）年から領国の総検地に取り掛かったのだった。

これと前後して、朝日は大政所の病気見舞いと称して上洛。そのまま大政所のもとに留まり、駿河城には帰って来なくなった。もとはといえば、家康を上洛させるためだけに嫁いできた正室であり、既に用は足りたということで、家康も特に気にする様子もなく、駿河城の奥も穏やかな日々が続いていた。

ただ、この頃、阿茶には気がかりが一つできていた。それは於愛の方の身体の具合である。於愛の方は誰からも好かれる慈愛に満ちた性格だったが、もともと少し身体が弱かった。特に気になるのは目の調子で、阿茶は目に良く効くという決明子(けつめいし)を使った薬茶を煎じて、飲んでもらっていた。

「阿茶さま、於愛の方さまがお手隙のときにでもお越し願いないかと」

薬茶局で薬の調合をしていた阿茶を、於愛の方の侍女が呼びに来た。何か不都合が起きたのだろうか。心配しつつ、部屋を訪ねると、於愛の方はいつものように柔らかな笑顔を浮かべて出迎えた。

「すみませぬ。呼び立ててしまい……」

「いえ。何でございましょう」

元気そうな様子にほっとしつつ、阿茶は尋ねた。

「菓子でも一緒にと……あと、阿茶どのを見込んで頼みがあります。もそっと近うに来てはくれまいか」

言われるがまま、阿茶は於愛の方の前に近寄った。

「……何やら今日は暗いような。灯りをもってこさせましょう」

不思議なことを言うと、阿茶は思った。まだ陽は高い。

「於愛さま？」

於愛の方の目の焦点が定まっていないことに阿茶は気づいた。

「もしや、お目が……」

阿茶の問いに於愛の方は頷いた。

「以前から、騙し騙しやってきましたけれど、近頃、どこを見てもぼやけてしようがありませぬ」

「すみませぬ。気づきませんで」

と、阿茶は慌てて謝った。

「すぐにもっと良いお薬をお探しいたします」

「いえ。これはもう無理ではないかと思うのです」

と、於愛の方は少し諦めたような声を出した。

「殿にはまだ言わずにいて欲しいのですが、頭もしょっちゅう痛うなります。あまり長くは生きられぬ気がするのです」

「おやめください。そのような気弱なことは」

「阿茶どの、これは気弱で言うているのではないのです。ようよう考えた末のこと。

そなたを見込んで話しているのです」

於愛の方は切実な顔で続けた。

「私は、この目で書を読むことも文を書くことも叶わなくなってきました。自分の身の周りのことをするのも精いっぱい。ですから、どうか、頼まれて欲しいのです」

「いったい何をでございましょう」

「長丸のことです。私の代わりに長丸を。長丸を徳川に相応(ふさわ)しい男になるよう育て上げてはくれませぬか」

と、於愛の方は阿茶に手をついた。

於愛の方が産んだ長丸は十一歳になっていた。これといって大きな病気にも罹らず、勉学や武芸はまだまだ足りないところはあるとはいえ、十分に立派な跡継ぎと言ってよかった。

「おやめください、そのような。私のような者にそのようなお役目、おっしゃるのはおかしゅうございます」

「いいえ、そなただからこそ、頼みたいのです。どうか、どうか長丸の後ろ盾(だて)に」

「むろん、長丸さまは大事な若君。どんなことがあってもお守りする心は持っております。けれど、於愛さまはまだまだお若うございます。私に託すなど、そんなお考え、早うございますよ」

阿茶は於愛の方の手を取った。

「……けれど、私がいなくなったらあの子は」

「そのようなこと、もし長丸さまがお聞きになったらどうなさいます。母さまがいなくなるなど、思いとうはないはずです」

阿茶は少しきつい口調で於愛を諭した。気持ちをしっかり持って欲しかったのだ。

「もっと精のつくものを御膳につけるように命じます。薬湯もきちんと飲んでくださいませ。たまには外にもご一緒いたしましょう。どうか、あまり悲しいことはお考えにならぬように」

阿茶は於愛の方の手をさすり続けた。

「ええ……そういたしましょう」

於愛の方はようやくそう頷くと、小さく微笑んだのだった。

この遺言めいたやり取りは、悲しいかな、現実になった。

それから間もなく、天正十七（一五八九）年五月、於愛の方はこの世を去ってしまい、徳川家中は深い悲しみに包まれた。家康も慈愛深かった彼女の死を悼み、丁重な葬儀が執り行われた。そして、阿茶は於愛の方の遺志のまま、長丸（のちの秀忠）の養育係を務めることになった。

　片やこのとき、秀吉には大変な慶事が起きていた。側室となった茶々が男子・鶴松を産んだのである。五十を過ぎ、初めて我が子、しかも跡継ぎとなる男子を腕に抱くことができた秀吉が有頂天になったのはいうまでもなかった。秀吉は茶々と鶴松のために淀城を改修して与え、茶々は淀の方と呼ばれるようになる。

　そうして、また一つの火種が家康を脅かそうとしていた。

　徳川の隣国・相模国を治める北条氏直は関白秀吉の上洛要請を拒み続け、軍備を拡大、真田の領内へ勝手に戦を仕掛けるなど、秀吉の神経を逆なでしたのである。

　氏直の正室は家康の次女・督姫であり、放置しておけば徳川に火の粉が飛んでくるのは必定であった。家康は幾度か仲介を試みたが、状況は芳しくなく、ついにこの年の十一月、秀吉は諸大名に向け北条氏討伐を発令する。いわゆる小田原攻めの始まりである。

　明けて天正十八（一五九〇）年一月、京の聚楽第（秀吉が関白の執務と邸宅として建築したもの）に滞在中の朝日が病死した。そして間髪入れず、秀吉から家康の嫡男・

長丸への縁組が示された。相手は織田信長の孫にあたる小姫（実父は信雄）。今は秀吉の養女となっていて、わずか六歳であった。

十二歳の長丸は元服し、秀吉から一字を授けられ、秀忠となった。どれも、朝日が死んだことで徳川家との繋がりを失いたくないという秀吉の意志によるものであった。

四　江戸へ

一

「督姫とお子はどうなるのでございますか？」

小田原城攻めが始まり、阿茶が一番に心配したのは、北条氏直に嫁いでいる督姫のことであった。政略結婚とはいえ仲は良く、既に姫が二人、生まれている。督姫の生母・西郡の方の心労は激しく、阿茶にしても、於愛の方、朝日と不幸が続いて、今また関わりのある女の死を見たくなく、思わず家康に詰め寄っていた。

「わかっている。私とて、見殺しにはしとうない。考えておるゆえ、しばし待っていてくれ」

家康も対応に苦慮しているようであった。

圧倒的武力を誇る秀吉軍は、北条に味方する城を次々と落とし、最後には氏直が立てこもる小田原城を包囲した。この籠城は三か月にも及び、この間、督姫が殺されることも十分に考えられたのだ。

天正十八（一五九〇）年七月、北条軍は降伏。幸いなことに、督姫も子らも無事救出された。当主である氏直は自らが腹を斬ることでこの戦を終わらせようとしていた。だが、秀吉はなぜか氏直の命を取らず、高野山（こうやさん）送りとしたのである。


「不幸中の幸いとはこのこと。ようございました」

無事に戻って来た督姫と姫たちの顔を見て、阿茶はほっと胸を撫でおろしたが、家康は口では良かったと言うものの、あまり嬉しそうではない。

「まだ何かあるのでございますか」

そう阿茶が問いかけると、「うむ、少し難題がな」と答えた。

「富士の向こうに行くことになろうとはな」

「はい？」

「いや心配するな。これも天が与えた機会と思おう。迂（う）を以（もっ）て直（ちょく）と為（な）し、患（かん）を以て利と為すだな」

「またそれでございますか」

と、阿茶は微笑んだ。近頃の家康はこの言葉を好んで使う。

曲がりくねった道を真っ直ぐにし、不利な条件を有利にする。人に後れて発して人に先じて至る——「迂直の計」は孫子の兵法書の中にある言葉で、自らを不利に見せかけて敵を油断させ、最終的には勝利を得る戦術を指す。

「ああ、しばらくはそなたらに不便をかけるが致し方あるまい」

「不便とは？」

「まぁ、楽しみにして待っておれ」

そう言うと、家康は笑顔を浮かべて踵を返した。

「殿、そうおっしゃらず、お教えを……殿！」

しかし、家康は詳細を教えてくれず、重臣たちを集めて話し合いを始めてしまった。

話し合いは長時間に及び、途中怒号も聞こえてきて、阿茶は気を揉んだ。やがて、出てきた重臣たちの中に、服部半蔵がいるのを見て、阿茶は声をかけた。

「殿は？」

「ああ、まだ打ち合わせをされておられるが、何か」

「……では半蔵さま、少しお尋ねしてもよいでしょうか」

「わしにか？　ああ、よいが。では庭へでも」

半蔵は頷くと、阿茶を外へと連れ出した。

「この度はご活躍だったと伺いました」

小田原攻めにおいて半蔵は鉄砲奉行として大いに奮戦し、敵将の首をいくつも獲ったと、阿茶は聞いていた。

「まぁな。それしかできぬから」

と、半蔵は少し謙遜したように笑った。

「おお、今日はよう富士が見えるな。で、お尋ねとは？」

駿府城からは富士の山を間近に見ることができた。阿茶は半蔵に、家康から不便をかけると言われた話をした。

「ああ、我らにも同じ話をされた。これは『迂直の計』だと。まだ諦めておらぬとな」

「いったい何をなさるおつもりなのでしょう」

半蔵は少し返事を躊躇っていたが、「まぁ、すぐにわかることか」とこう続けた。

「関白から殿に関東移封の打診があったのだ」

半蔵によると、小田原攻めの功績により、家康は北条氏の旧領である伊豆・相模・武蔵・上総・下総の全域、上野の大半と下野の一部を手にした。それに伴い、国替えという話になったようだ。

「それは、またお城を移るということですか。小田原、それとも鎌倉とか」

「いや、それならばあそこまで揉めたりはしない。移るのは江戸だ」

「江戸？　江戸とはどちらにあるのでございますか」

「そうよ。そう言いたくもなるだろう。あの富士の向こう、何もない鄙びたところよ」

と、半蔵は富士の方角を指さした。

「半蔵さまは行かれたことがおありに？」

「ああ、下見に参った。広いは広いが、大海に面した湾に大小の川が入れ込み、平地には葦が生い茂っていてな、人が住める場所は限られている」

「なぜ、そのようなところに？　それは殿が罰せられたということですか」

北条氏直が助命されたことと何か関わりがあるのかと、阿茶は疑った。

「いやいや、けっしてそうではない。新領国合わせれば二百四十万石にはなる。これは秀吉に負けずとも劣らずだ。それに江戸には一応、城もある。というても、百年以上前に造られた、城というより館か」

「まぁ……」

「ただ困るのはあそこには良き水がないことかな。井戸を掘っても塩がきつくてな。それをどうするか、それで殿はお悩みで……」

「水がなければ人は死にまする」

「ああ、わかっている。だから殿は何とかされようとだな」

「いえ、人だけではありませぬ、草木も。薬草はどうしたらよろしいので」

いくら石高があるといっても、居城に飲み水もないとは考えられない。阿茶は思わず言い募った。

「落ち着いてくれ。いざとなれば川の水がある。美味くはないというだけだ。それもあって、殿はきちんと考えておいでだから」

「そう言われてもこれが落ち着いておられますか」

「まぁ、気持ちはわかる。だから、先ほどもなかなかに皆の考えがまとまらなかった。怒る者もいてな」

こんな不利な国替えは断固拒否して戦をすべしと唱える重臣もいたという。

「しかし、殿は仰せであった。今はその時にあらず。京ばかりが天下ではない、と」

「それはいったい……」

どういうことかと、阿茶は考えを巡らせた。

「……それが『迂直の計』ということですか？　つまりは天下を諦めてはいないと」

「うむ。我らは京に上ることばかり考えていた。だが、殿には別のお考えがあるようだ。戦がなくなった後、どのような新しい世が造れるか、そこが大事だ。楽しみではないか、とな」

　戦のない世の中を造る——その夢は我らの手ではなく関白によって成し遂げられてしまうのだと、阿茶はどこかで諦めかけていた。

　小田原攻めで北条氏が滅亡したことにより、奥州の伊達政宗（だてまさむね）らも秀吉に恭順の意を示し、豊臣政権による天下統一はほぼ完成したとみなされたからである。

　しかし、半蔵の話を聞く限り、家康の考えは違ったようだ。

　天下が治まった後、その後にどのような暮らしを造り上げることができるか。そのための新しい町づくりを江戸という未開の地でやってみようというお考えなのだ——。

　そう気づいた阿茶は、身体中に新たな力が湧いてくるような思いに包まれた。

「……なるほど。わかりました。で、国替えはいつになりそうで」

「八朔（はっさく）には殿は江戸に入られるとのこと」

「えっ！　八朔……お待ちを。それではひと月もございませぬ」

　八朔とは八月一日のこと。田の実の節句とも呼ばれる祝日である。

「おお、それよ。忙しゅうなるぞ。気張らねばな！」

　半蔵は互いに頑張ろうと、ぐっと大きく拳を握ってみせた。

「ではな！」

「……あ、はい……」

茫然となっている場合ではなかった。何をすべきか、何からどう手をつければよいか――阿茶はその日から、目が回りそうな忙しさの中で駆けずり回ることになった。

国替えにより、東海の地は、豊臣譜代の武将たちが治めることになった。駿河城は中村一氏、浜松城には堀尾吉晴、岡崎城には田中吉政という具合で、家康が慣れ親しんだ城は全て明け渡すことになったのだ。

こうして天正十八（一五九〇）年八月一日、家康は江戸に入った。

一行の身なりは、戦塵の汚れを雪ぐという意味の白い帷子（麻か絹の単衣）に、同じく白の長裃という祝装で、新しい世に向かう家康の気構えが現れていた。これ以降、八朔は徳川家、いや武家にとって正月に次ぐ大切な祝日となっていく。

とはいえ、当時の江戸は、未開の地といってよい状態であった。

東には大川（隅田川）、西の日比谷は遠浅の入江になっていた。その中に幾本もの川が流れ込み、大雨になると氾濫するという状態で、上野・本郷・麴町には台地があったものの、平地のほとんどが葦の生い茂る湿地帯であった。

かつて太田道灌の居城だった江戸城は、石垣もなく芝垣と竹林だけに囲まれ、雨漏りや腐食で、劣化し放題。城下といっても、茅葺の民家が百軒ほどあるだけであった。本当に何もないところからの町づくりである。

まず家康は居城の修繕と家臣たちの居宅を突貫で整備させると同時に、上水の確保に乗り出した。通常、飲み水の確保には井戸を掘るが、海水しか出てこない。そこで質の良い水を探させ、井の頭池の湧水を水源とする上水道（神田上水）を引くことにした。この工事は、石樋や木樋を水道管とし、要所要所で井戸に溜めていくという方式で、これを城下全ての町内に張り巡らせるという画期的なものであった。（完成までには十年以上の年月が必要で、この神田上水のほか、玉川上水も有名である。）

さらに本郷大地の先端にあった小高い神田山を削ると、江戸城真下まで入り込んでいた日比谷入江を埋め立て、平地を増やしていった。（削り取った後にはのちに多くの家臣たちが住んだことから、駿河台と呼ばれるようになる。また、これらの大改造は家康一代で完成したわけではなく、江戸の町が形を整えるのは、三代家光の頃まで待たなければならない。）

ここまでは全く利点がなさそうに思えるが、江戸は海に面しており、品川は関東を代表する湊で、これらを整備することで、海運の要になりえた。また、流れ込む川を利用して掘割を作ることは容易で、実際、城から湊へと続く道三堀を開削、水上交通の便を図ると同時に、掘られた運河は外堀としても機能させていた。

また江戸の背後には広大な関東平野が広がっていた。そこでは多くの作物が望める。平野の向こうには険しい山々があり、天然の要塞となる。

何より京大坂から遠く、朝廷や秀吉の影響は少なく、家康にとって先祖伝来の土地ではないということも幸いした。気兼ねすることなく自由に台地を削り、川を移し替え、町割り設計をすることができたからだ。

家康は江戸を四神が守る土地と見立てた。四神とは中国の陰陽学によるもので伝説上の四つの獣神を指す。すなわち、東に青龍が宿る川（大川）、南に朱雀が宿る海、西には白虎の宿る道（東海道）、北に玄武が宿る山（麹町台地）である。

そうして、城を円の中心に、「の」の字を描くように西から北、東にかけては武家屋敷を多くして外敵に備え、南は主に商売地として町人たちが安心して暮らせる場所を作っていったのである。

家康の江戸入り以降、奥の女たちの顔ぶれにも変化があった。まず、側室の中で一番年が若かった於都摩の方は、その子万千代が武田姓を名乗り下総国小金城主となるのに伴い、家康のもとを離れ移り住んだ。

家康は積極的に関東周辺の名門の末裔を家来に登用、それには奥勤めの女たちも含まれていて、中から側室に上がる者が出た。武蔵稲付城主の娘・於梶や甲斐武田の旧臣の娘・於牟須、於仙、於竹らである。

彼女らはみな若かったが、阿茶とそう歳が変わらない者もいた。それが、於久（茶阿の方）であった。もとは鋳物師の女房だったが、夫亡きあと、代官に手籠めにされかかったところを家中の者が助けた縁で奥勤めするようになった。どことなく寂しげな風情が男心をそそる美貌の持ち主で、その割には言いたいことはずばり口にするところに、家康は心惹かれたようだった。

他の女たちは家と徳川家とを結びつける役目を背負っていたが、於久にはそれがない。ただ単純に家康が気に入った相手だ。しかも茶阿という阿茶と見紛う名を与えた。

本人が悪いわけではないが、阿茶は彼女を見ると、どうしても心が波立った。

しかし、そうは言っていられない。奥の仕切り一切を任されていた阿茶は、新たに加わった側室たちに家中の決まり事などを教え、古株の西郡の方や於万の方との間が上手くいくように、常に気を配る必要に迫られていた。

さらにこの時点で江戸にいた家康の子は、嫡男の長丸改め秀忠（十三歳）と於都摩の方が置いていった於振（十一歳）の二人で、阿茶はこの二人の義母としての役割も果たさなければならなかった。

「どうだ。足りぬものはないか？」

家康はそう尋ねてはくれるものの、足りないものだらけで返事のしようがない。

初めのうち、城の中は休む場所の確保すら難しかった。簡易の小屋はあっても、家来の中には野宿を強いられる者もいたし、夏の湿地では害虫も多く発生し、良い水が入手できないと腹を下す者も多々出る始末だった。

阿茶の毎日は病人たちの訴えを聞き、子たちが健康を害していないかを心配し、側室たちの機嫌も取るという具合で、息をつく暇もなかった。

それら細々としたことを家康に訴えたところで、結局、動くのは自分となれば、愚痴を言う時が惜しい。

「……特には。こちらはご心配無用でございます」

と、阿茶はそう答えるしかないが、家康はそんな状況をわかっているのか、それとも見ないふりをしているのか、「さすがじゃ。頼りになる」と微笑むのである。

苛々が募るのは、血が足りていないのかもしれない。時折めまいもして、肝の昂ぶりが高じているのもわかっていた。月のものも不順だ。

阿茶は血を補い、肝を養う薬を処方して飲んではいたが、それでもどうしても駄目なときは、人目のない城の裏庭で、叫ぶことにしていた。

「あぁぁ、もう知らぬ！」

大きな声で叫ぶと少しはすっきりする。

その日もひとしきり叫んでから、振り返ると、驚いた顔をした半蔵が立っていた。

「半蔵さま……あぁ、どうか見なかったことに」

慌てふためく阿茶を見て、半蔵は大声を上げて笑い始めた。

「もうぉ、お願いでございます。人が来ます。お静かに」

「いやぁ、びっくりした。しかし、よほど何か腹に据えかねたようだな」

「いえ、そのようなことは……。お忘れください」

「殿に側室が増えたからか」

半蔵は意地悪く、そんなことを訊く。

「それは……確かにそれもございますが、それは致し方のないこと。殿にはまだまだお子が必要です。私はもうお産みすることは叶いませんから」

阿茶は小牧長久手の戦いで流産した後、かなり用心し体調にも気を配っていたが、懐妊の兆しは現れないままだった。四十を過ぎ、もう子は望めないと諦めていた。

寂しそうに呟く阿茶の顔を半蔵は黙ったまま、優しく見つめていた。

「……殿は阿茶さまを頼りにしておいでだ」

「わかっております。わかっているから……腹が立つのです」

半蔵は怪訝な顔つきになったが、阿茶は構わず話を変えた。

「ところで、半蔵さまはなぜここにいらっしゃるのです？」

「えっ……ああ、その門を抜けた先が我が屋敷だからな」

と、半蔵は庭の先にある西門を指さした。

「でも、あそこは普段は使わぬ門では？」

「まぁな。使わぬ方がよい門であるのは確かだ」

半蔵は謎かけのようにそう言ってから、立ち去った。

半蔵は今、八千石の知行と与力三十騎、伊賀同心二百人を得て、江戸城西門外近く麹町に組屋敷を拝領していた。

西門は大手門とは違い、普段は隠密が出入りする裏門で、有事の際には脱出経路としての役目を担っていた。そういう意味で、使われない方がよい門なのだ。この西門はいつしか半蔵門と呼ばれるようになっていく。

二

家康が江戸入りして半年が過ぎた天正十九（一五九一）年二月、陸奥国で、南部氏の家臣だった九戸政実の乱が起きた。これは秀吉の奥州仕置（奥羽地方の領土管理）に異議を唱えるもので、大規模な一揆も誘発していた。秀吉は、甥の秀次を総大将とした仕置軍を遣わせ、家康もそれに加勢を送った。九戸勢はわずか五千ほどの兵ですぐに決着すると思われたが、意外にも戦いは難攻し、九月になってようやく鎮めることができたのだった。そしてこれにより、日ノ本で秀吉に歯向かう者はいなくなり、天下統一はなされたのである。

だが、秀吉には戦勝を祝うどころではない不幸が襲いかかっていた。

あれほど喜んでいた嫡男鶴松がこの戦の最中に病死してしまったのだ。その前には、秀吉の実弟で常に支え続けてくれていた秀長が病死、養女で秀忠と婚約をしていた小姫も病死しており、豊臣家には不吉な出来事が続いていた。

さぞや意気消沈なさっておいでであろう――。

そう思って弔問に訪れた家康ほか諸大名の前で、秀吉は高らかにこう宣言した。

「ええか、わしゃ、これから唐（から）入りするぞぉ！」

以前から、秀吉が、朝鮮半島や中国大陸を支配する夢を語ることはあった。がしかし、まさか本当に兵を挙げるとは考えていなかった多くの者は思わず息を呑んだ。

家康もそれは同じだった。天下統一がなされたとはいえ、まだ秀吉に歯向かうときを窺っている者はいるはずだ。なのに、兵を挙げて海を渡るなど、正気の沙汰（さた）とは思えない。かといって、表立って異を唱えたら何が起きるか——。

秀吉の目はぎらぎらと異様な光を放っていて、意見を言うのもはばかられた。

「のう、家康、どう思う。ええじゃろ」

そう話を振られて、家康はようやく口を開いた。

「関白殿下に於かれましては、気力十分とお見受けし、家康安堵いたしました。……が、しかし、今はまず喪に服されるがよろしいのでは」

慎重に言葉を選んだが、秀吉は「いや」と一言で拒絶した。

「時を失してはならんでな。鶴は唐天竺に飛んだのじゃ。早う来いと言うておるわ」

それでは死出の旅の後を追うという意味になってしまうが、秀吉の中ではどうやら違うらしい。

「朝鮮には先導役をさせるでな。すぐにでも取りかからねばならぬわ」

当時、中国大陸は明朝第十四代皇帝万暦帝が、朝鮮は李朝第十四代国王宣祖が治めていた。朝鮮は中国皇帝を宗主として仰ぐ冊封国（従属国）であり、秀吉が言うような先導役を買って出るわけがなかった。だが、秀吉は朝鮮が自分の意のままに動くと勘違いしていた。これには少し裏がある。

この頃、朝鮮との貿易は、距離的に本土と大陸との中間に位置する九州の対馬を介して行われていた。（対馬と朝鮮との歴史は古く、弥生時代にまでさかのぼる。鎌倉時代には元寇による攻撃を受け、次には逆に倭寇が暴れ、と争いを繰り返していたが、やがて交易の一切を対馬の領主宗氏が行うことで、一応の和平状態となり、室町幕府の頃から幾度か使節団も来日するようになっていた。）

秀吉は九州平定を為した天正十五（一五八七）年頃から、朝鮮との交易に目をつけ、触手を伸ばし始めた。対馬領主・宗義智が恭順の意を示したことで、外交面での交渉を任せ、無謀にも朝鮮国を服属させようと謀ったのである。しかし当然ながら、交渉は思うようには捗らなかった。

秀吉を怒らせたくない義智は一計を案じ、朝鮮に対し、天下統一の祝賀のためと称して来日を促し、秀吉には服属の礼を尽くしに来ると思わせた。こうして朝鮮使節団が秀吉のもとにやってきたのが十か月ほど前のことになる。

このとき、朝鮮がひれ伏したと思い込んだ秀吉はかなり横柄な態度で使節団に接し、金砂の入った袋を投げ与え、明へ行く際には先導役をしろと命じたのであった。

当然、朝鮮側は一笑に付した。この頃、李朝は建国以来二百年が過ぎていて、国内では政権を巡っての内紛抗争はあったにせよ、日本の戦国時代ほど激烈な戦いが続いていたわけではなく、秀吉の話を真に受けることができなかったのである。

家康は秀吉が朝鮮を属国扱いして、先導役を命じたことは当然把握していた。秀吉の重臣たちがみな無謀な戦いであると諫めようとしていたことも知っていた。

それでも秀吉が唐入りを強行しようとした場合のことを考え、朝鮮より少しでも遠くの江戸に移っておけば、先兵を命じられることはないという計算も働かせていた。しかしそれも、もしものことであり、まさか本当にこの時期に出兵するとは思っていなかったのである。

しかも驚いたことに、秀吉は今年中に関白職を甥（姉の子）で、二十四歳の秀次に譲り、自分は太閤になると言い出した。太閤となって後顧の憂いなく海を渡り、存分に明で戦うというのである。

身内に関白を譲り、日ノ本は万全と思い込むのはどうかしているし、どれほどの力を持っているかの把握も土地勘もなく、言葉も通じない海の向こうへ攻め入るなど、付き合わされる身にとって、これほど迷惑なことはない。

秀吉はこれまで無謀ともいえることを次々に成し遂げてきた武将ではあるが、そこにはある程度の勝算はあったはずだ。それが、なぜここまで冷静さを失い、突き進もうとするのか——。

このあと、家康は秘かに秀吉の主侍医である施薬院全宗(せやくいんぜんそう)を訪ねた。施薬院全宗、かつては徳運軒全宗と名乗っていた男で、顔を合わせるのは、安土城以来であった。

「大変ご無沙汰しておりまして……」

全宗は家康の来訪に驚いた様子だったが、如才(じょさい)ない笑顔を浮かべた。

秀吉が関白に上り詰めたことで、その侍医である全宗も不動の地位を築き、医師としては破格の千二百石の知行を得ていた。

「急にすまぬ。少し教えてもらいたいことがあってな」

と、家康はすぐさま本題に入った。

「……いったい何事でございましょうや」

「最近、疲れが溜まっておってな。若い側室も増えたによって、何かよい薬はないかとな。関白殿下も五十を過ぎて子を作られたし、教えてくれぬか」

「これは、これは。そういうことでしたら、徳川さまには、ほれ、あの薬師がついておりましょうほどに。確か、阿茶さまでしたかな。お元気でいらっしゃるので？」

「ああ、元気だ。しかし、このこと、おなごには訊きにくい」

「なるほど。それでしたら蛇胆（マムシの胆嚢）、海狗腎（オットセイの睾丸）がよく効きまする。腎精を増強するには、それらと人参を……」

全宗は微笑むと、強壮剤としていくつか生薬の名を挙げ、処方を話し始めた。家康はふむふむと頷きながら聞き、ついでのようにこう尋ねた。

「そういえば関白殿下は、かなりお疲れのご様子であったが、あれで大海を渡って大丈夫であろうか。どうにも案じてならぬのだが」

さりげなく訊いたつもりであったが、全宗はしばらく返事をせず、家康を待たせた。

「……本当にお知りになりたいのは関白さまのお身体の具合、そうでございましょう」

全宗はゆったりと笑みを浮かべた。六十半ばを過ぎ、老獪さを増していると家康は感じた。

「ばれては仕方ないか。ま、お身体というよりはそのぉ」

「乱心なさっておいでかどうか、でしょうかな」

「言いたくないなら言わずともよいが」

全宗はひと呼吸ついてから、こう答えた。

「あるといえばある。ないといえばないと言えましょう」

「やはり誤魔化すか」

「滅相もない。ただ、申し上げるにはひとつお願いが」

交換条件を出すつもりなのだ。家康が頷くと、全宗は家康に身体を近づけた。

「徳川さまのご侍医衆に、我が息子を推挙したいのですが。お加え願えましょうか。息子と言いましても養子にございますが、医術については大変優秀な男でして、ゆくゆくは施薬院を任せようかと。宗伯と申します」

全宗は嫡男がいたが、前年急死したため、跡を継がせるために養子を取ったのだと話した。高名な医師であっても、息子の死を止めることはできなかったのだ。

「……関白殿下がお許しになるならば、私は一向に構わぬが」

「ではいずれということでお約束を」

家康が頷くと、全宗は微笑み、話を続けた。

「私は乱心というより、奔豚気、もしくは老呆を疑うておりまする」

「何っ」

医学書を読むのが好きな家康にはそれが何を指しているか、よくわかった。

奔豚気とは、囲いの中の子豚が逃げ惑い、走り回るさまに似ていることから名付けられた症状で、この病に罹ると、発作的に激しい苦痛と恐怖を感じ、動悸、腹痛を訴え、死ぬかと思うほどに煩躁する。原因は「驚」。恐怖や不安から発するとされる。

「弟御の秀長さまがお亡くなりになった辺りから、おかしいことが増えたのは事実。突然おっしゃることが変わり、喜怒哀楽がより激しゅうなられました。師と仰がれていた千利休どのを疑心暗鬼に駆られ殺しておしまいになったことを思えばおわかりかと」

「なるほど、奔豚気だというのは得心がいく。されど、老呆については？」

老呆とはいわゆる認知症のことである。

「まだしかと診断はつきかねておりますが、奔豚気だけでは説明がつかぬことが多く、残念ながら薬もあまり効いているとは。先日などは、近頃秀長と朝日が顔を見せぬと仰せになられ、返事に困った次第。すぐに冗談じゃとごまかされはしましたが」

秀長も朝日も既にこの世の人ではない。それを忘れているとすると、かなり症状が進んでいるとみなければならない。

「このこと、みなわかっているのか」

「診ているのは私だけですが、奥の者であれば、ある程度は。みな口に出さぬだけ」

「……しかし、なぜ、ここまで話す？」

「徳川さまだから、と言うてもお信じにはなりますまいな。ただ、私はせっかくここまでにした施薬院をまた潰したくはないのですよ。人には器というものがございます。秀次さまでは」

無理だと言わんばかりに、全宗は渋い顔で首を振ってみせた。

施薬院の歴史は古く、天平二（七三〇）年に光明皇后により造られた施療施設が始まりであった。しかし八百年の時の間に次第に衰え形骸化したものを、全宗が秀吉に願い出て復興していた。

「……そなた、医術が真から好きなのだな」

家康の問いに、全宗は一瞬虚を突かれたような表情を浮かべたが、やがて静かに微笑んだ。我欲の塊のような全宗にとって、施薬院が一片の善なのかもしれない――。

そう信じたいと、このとき家康は思ったのだった。

その年の十二月、秀吉は秀次に関白職を譲り、自らは太閤となった。そうして、翌天正二十・文禄元（一五九二）年春には朝鮮出兵を開始する。遠征軍は四月に釜山に上陸、瞬く間に朝鮮の首都にまで迫る勢いをみせた。

六月、家康は秀吉の要請に応じる形で、九州の肥前名護屋城にいた。秀吉は海を渡る気満々であったが、家康は何とかして止めるつもりであった。しかし、なかなか言い出す機会がない。そのとき、京から遣いが来た。秀吉の生母・大政所が危篤だというのである。これはまさに天の助けであった。

知らせを受けて、秀吉はすぐに京へ取って返したが、大政所は七月に逝去した。

朝鮮半島ではこの間も戦が続けられていたが、明から朝鮮へ援軍が乗り出してきて、戦局は膠着状態に突入。そのまま翌文禄二（一五九三）年七月に一旦休戦することになり、秀吉は、朝鮮に駐留軍をわずかに残し、遠征軍を引き揚げさせたのだった。

「ようやった、ようやった」

そのひと月後、遠征軍を名護屋で出迎えて共に京へ戻って来た秀吉は、大変機嫌が良かった。というのも、八月三日に淀の方が、再び男子を産んだからである。この子は拾われた子は元気に育つという験担ぎにより、於拾と名付けられた。

三

「太閤さまは、もう唐入りをおやめになったのでございましょうか」

文禄四（一五九五）年六月、阿茶は久々に家康と茶菓子を愉しみながら、ゆったりと語り合っていた。江戸は城も町もずいぶんと形が整ってきたが、まだまだ決めねばならぬことが多い。しかし、家康は、秀吉の命で京に滞在することが増え、なかなか江戸にいてくれない。異国との争いなど早く終わって町づくりに専念できればよいのにと阿茶は心から願っていた。

「だとよいのだがな」

と答えながら、家康はどこか上の空だ。

「秀忠どのはまだお戻りにはならぬので？」

秀忠は、今、家康の代わりに伏見にいた。この頃、太閤になった秀吉は隠居所と称して伏見城に入り、その城下には徳川はじめ主だった大名の屋敷もあった。関白の秀次が政務を執る聚楽第より、政権の中枢は伏見にあるといってよかった。

幼い頃から養育係を務めてきたこともあり、阿茶は秀忠が一番可愛い。側にいないと、寂しいし心配でもある。

「まぁな……」

考え事でもしているのか、せっかく二人のときなのにと、阿茶は少し恨めしい思いで家康の横顔を見ていた。家康はその視線に気づいて、「なんだ?」と尋ねてきた。

「いえ、殿は秀忠どののことになると、いつもその調子でございますな」

「その調子?　それはどういう意味だ」

「……まぁ、可愛い盛りの男子ではありませぬが」

家康には、四年前に辰千代（たつちよ）（のちの忠輝（ただてる））、三年前には松千代（まつちよ）と二人の男子が生まれていた。共に生母は茶阿の方（於久）である。それで、ついつい嫌味な口調になってしまい、阿茶は自分で自分が嫌になった。しかも家康に伝わってしまったようだ。

「当たり前であろうが、秀忠は十七になるのだぞ。もう一人前だ。そなた、近頃、どうも険があるぞ。何か気に入らぬことでもあるのか」

「いえ、別に」

「いや、なんぞあると顔に書いてある。遠慮せず、言うてみよ」

「何もございません」

もう触れて欲しくない。そう思って阿茶が横を向いたときであった。いつも半蔵が使っている伊賀者が書状を持って現れた。

「ご苦労……」

受け取り読み始めた家康の顔色が見る見る変わった。

「何かございましたか？」

「うむ。恐れていたことが起きたようだ」

と、家康は書状を阿茶に読むように渡した。果たしてそこには、秀吉が関白を命じていた甥の秀次の身分を剝奪（はくだつ）、高野山に追放したとあった。「かねてからの不行跡を咎め、謀叛ありとして」とあるが、難癖をつけて追い出したのは明白なことだと家康は言った。

「やはり殿下は怖くてしようがないようだな」

「怖い？　秀次さまがですか」

「いや、己が老けていくこと。たった一人の子を守れなくなること」

家康はそう呟くと、阿茶を見た。

「このままでは済まぬだろうよ」

家康の予言通り、秀次の処置はそれでは終わらなかった。それからひと月もしないうちに、秀次は切腹を命じられ果てた。秀次が住んでいた聚楽第は打ち壊され、さらには一族郎党、幼い若君はむろんのこと、女たちも全て三条河原で斬首に処された。太閤秀吉に逆らえばどんな酷(むご)い目に遭うかわからない——都人はむろんのこと、諸大名はこの出来事に震撼した。

さらに秀吉は、諸大名に於拾に対し忠誠を誓う血判を出させ、大名同士が勝手に盟約を交わしたり婚姻したりすることを禁じる「御掟(おんおきて)」を発布。家康は宇喜多秀家(うきたひでいえ)、上杉景勝(かげかつ)、前田利家(としいえ)、毛利輝元(てるもと)、小早川隆景(こばやかわたかかげ)ら重鎮の一人として、この掟に署名した。

（二年後、隆景が亡くなり、彼らは五大老と呼ばれるようになる。）

このような中、家康のもとに秀吉から縁談が持ち込まれた。嫡男秀忠と織田信長の姪で今は秀吉の養女である江を娶せろというのである。

秀忠は十七歳。江は六歳年上の二十三歳で初婚ではなかった。

「確か、江さまは秀勝さまに嫁がれていたはずでは」

阿茶は八年前、北政所から引き合わされた浅井三姉妹のことを思い浮かべた。あの折、江は秀吉の甥・秀勝に嫁ぐと聞かされた。秀勝は先ごろ切腹した秀次の弟にあたる。阿茶にはこの縁組が奇妙で不吉なものに思えた。

「秀勝さまは朝鮮の役で亡くなられてしもうてな。江にとって二度目の縁組。いや、待てよ。その前に佐治(さじ)氏と縁組話もあったなぁ、あれはどうなったのであったか」

「そのようなことがおありとは。……で、お子はおいでで？」

「ああ、一人おなごがな。あちらに置いてくると聞いた」

「そんな、まだ可愛い盛りでしょうに」

「ようは知らぬが、ともかく、これは受けるぞ。断ることはできんでな。年上の女房どのの方が、あの秀忠にはちょうどよいかもしれぬしな」

秀忠は他の男子と比べると少し覇気に乏しいところがあった。よく言えば我が強くなく、おっとりとしている。家康は物足りなさを感じているようだが、阿茶は秀忠の優しさだと捉えていた。もしも江があのときの茶々のように高慢な女になっていたらと想像するだけで、秀忠が可哀そうに思えてならない。

「……それはそうではございますが」

「なんじゃ、不満か」

「いえ」と、阿茶は慌てて首を振った。悪いことを考えるのはよそう。この縁組で徳川と豊臣が手を携えて、新しい世を造ることになるのであれば、それはそれで喜ばしいことではないか――。阿茶はそう考えることにした。

「かしこまりました。こちらへのお迎え入れの準備、つつがなく差配いたします」

「いや、しばらくは秀忠と伏見の屋敷で暮らすことになろう。そなたが気を揉むことはない」

「さようで」

実の子のように慈しんできた秀忠が婚礼を挙げるのに、何一つすることはないと言われたようで、阿茶は一抹の寂しさを覚えた。だがすぐに、何もすることがないと嘆くのは贅沢（ぜいたく）なことかもしれないと思い直した。戦国乱世では生き抜くだけで必死だった。これも戦が減った証の一つなのだから――。

文禄四（一五九五）年九月、家康嫡男・秀忠と江はめでたく婚礼を挙げた。

翌文禄五・慶長（けいちょう）元（一五九六）年閏七月、大地震が起き、伏見城が崩れた。徳川屋敷も被害に遭い、阿茶は秀忠の身を案じたが、幸い、秀忠にも家臣にも命に関わるような怪我はなかった。ほっとしたのも束の間、伊賀越えの際、大変世話になった茶屋四郎次郎が亡くなったという知らせが届いた。享年五十二。御用商人として徳川家を支え続けてくれた男の死は、家康にとっても阿茶にとっても切ないものであったが、この年の十一月、さらに悲しい出来事が起きた。

服部半蔵が亡くなったのである。

その知らせを受けたとき、阿茶はにわかに信じられず、家康を思わず睨んだ。

「悪いご冗談はおやめください」

半蔵はいつも元気だった。弱いところなど一度も見せたことがなかった。なのに、なぜ亡くなったというのか。信じられないと、阿茶は家康に詰め寄ったのだ。

「……私とて、信じたくはない」

家康の目が潤み、拳が震えている。阿茶はさっと血の気が引いていくのを感じた。

「なにゆえ、なにゆえそのような意地悪を……嘘だと、嘘だと言うてくだされ」

だが、家康はそれには答えず、深くため息をつくばかりだ。やがて振り絞るような声で家康がこう呟いた。

「……最期の様子を伝えに、源左衛門が来ておる。会うか」

源左衛門正就、半蔵の嫡男のことである。

「はい。もちろん」

阿茶は家康と共に源左衛門に面会した。源左衛門とは幼い頃に会ったきりだった。

「……この度はご報告が遅れまして」

深々と頭を垂れたまま、そう挨拶した源左衛門は、おもむろに顔を上げた。

その瞬間、阿茶ははっと胸を突かれた。その顔があまりにも若い頃の半蔵に似ていたからだ。まるで半蔵が若返ってそこにいるような不思議な感覚が阿茶を包んだ。

「……いつのことか。どういう仕儀であったか、今一度申せ」

　家康はそう源左衛門に促した。

「はっ。父は去る十四日身罷（みまか）りましてございます。突然のことで、我らも驚いた次第」

「病か、それとも何か異変が」

　殺害を疑って、思わず阿茶は口を挟んだ。

「いえ、特段異変は。ただ、少し前から心の臓を抑えることが増えてはおりました。医師に診せるのは嫌がりまして」

　そんなことがあったのか――。気づけずにいた自分を阿茶は悔やんだ。

「で、ご葬儀は？」

「それがもう済んだいうのだ」

　ありえないと、家康は苦々しそうに呟いた。

「どういうことにございますか」

「あいすみませぬ。父の遺言にございました。昨年ぐらいから折に触れ、自分が死ぬことがあっても葬儀は不要、誰にも遺骸を見せるな。たとえそれが殿であってもと」

「そんな……」

「身体はなくなっても、常に心はお側でお仕えしている。なので、お悲しみくださるな、そう申し上げろと」

「……たわけが」

一言呟くと、家康はぐっと唇を嚙み締めた。大粒の涙がその頬に流れたのを見て、阿茶も涙を止められなくなった。

「で、どちらに葬ったのだ。花を手向けたい」

「清水谷に。……信康さまのお側で眠りたいと。それも父の願いでございました」

清水谷には、家康の長男信康の菩提を弔う供養塔があった。半蔵は信康が切腹した際の介錯人だった。供養塔を建てたいと言い出したのも半蔵であった。

「……そうか、あそこか」

家康は目を閉じ、深く息を吐いた。

「まことに申し訳ございませぬ。父の厳命には逆らえず。どうか平にお許しを」

再び頭を下げた源左衛門に向かって、家康は微笑んでみせた。

「そなた、幾つになった」

「二十一にございます」

「妻はまだだったな。松平定勝の娘を我が養女とするゆえ、娶(めと)るがよい」

松平定勝は於大が久松俊勝との間に産んだ子で家康の異父弟にあたる。その娘(姪)を家康の養女として娶れば、源左衛門は家康の婿ということになる。

「家督を相続し、そちが半蔵の名を継げ。よいな」

「はっ、ありがたき仰せ」

深々と頭を下げた源左衛門は、感激した面持ちで家康を見上げた。

「そう、その顔だ。よう似ておる。のう、そう思わぬか」

と、家康が阿茶を見た。

「まことに。まるで半蔵さまがいらっしゃるようにございます」

頷きながら、阿茶の脳裏には、これまでの半蔵との日々が駆け巡っていた。

野盗に襲われたところを猿のような素早さで助けてくれたこと、野山で草の名を教えてくれた優しい笑顔、嫁に来て欲しいと告げた真剣な顔、裏庭で叫んでいたのを見つかって大笑いされたあの日……半蔵の眼差しはいつも温かで優しかった。今まで、どれほどそれに助けられたことか——。

きっと、家康も同じ思いなのだろう。源左衛門を見つめる眼差しには深い悲しみと同時に懐かしさと感謝の思いが宿っていた。

四

阿茶たちが半蔵の死を悼んでいた一方、秀吉はまだ四歳の於拾を元服させ秀頼と改めさせた。そして、翌慶長二（一五九七）年に入るとすぐ、再び唐入りを宣言した。

実は前年の九月、明から使者の来日があった。降伏したものと思い込んだ秀吉は大喜びだったが、明側の考えは違っていた。携えた皇帝の文書には「日本の王として認め、役職をやろう」つまり、明の属国として認めるというものであった。

秀吉は激怒した。幼い息子が明に従属させられた上、殺されるのではないかと恐れ、前回以上の大軍を朝鮮半島に送り込むことにしたのである。

しかし、明も朝鮮も文禄の役を教訓としていて、たやすくは攻め込ませない。

秀吉側近の加藤清正、黒田長政、小早川秀秋らが決死の戦いぶりをみせたが、遠征軍は苦戦を強いられ続けたのである。このとき、石田三成は後方支援側で戦況を秀吉に伝える役目を担っていた。

「なぜじゃ、なんでまだ勝てぬのじゃ！」

怒る秀吉をなだめるために、三成は戦績が上がらないのは加藤清正らの働きが悪いためではないかと報告、これがのちに豊臣内部での内紛を産むことになっていく。

朝鮮での戦いが泥沼化していた慶長三（一五九八）年三月、秀吉は、京・醍醐寺三宝院裏の山で盛大な花見を催した。寺の建物の新築修理は言うに及ばず、山々には畿内から集めさせた桜を何本も移植、石庭も作った。さらに、桜の山には茶屋を設け、大勢の女房衆に手の込んだ絞りや金銀をふんだんに使った衣装を纏わせた。

後年「醍醐の花見」と呼ばれるこの宴は、天正十五（一五八七）年の「北野大茶湯」と並び称される豪華絢爛なものだが、秀吉が最後に打ち上げた花火だったともいえる。

六月に入ると、秀吉の病状悪化は顕著になり、うわごと、失禁など深刻さを増した。もう誰の目から見ても長くはないとわかるようになったのである。

秀吉は家康ら五大老を度々伏見城の病床に呼びつけると、秀頼のことを頼み始めた。

「お願いじゃ。秀頼をどうぞどうぞ頼みまする」

涙ぐみ何度も繰り返し、所有していた財宝を分け与えるかと思えば、次には居丈高に「約束しろ、血判しろ」と迫るという具合で、周囲はほとほと弱り果てた。

家康に対しては特に強く秀頼の行く末を頼み、徳川の姫が欲しいとねだった。家康は、秀忠と江の間に生まれたばかりの千姫（せんひめ）を秀頼に嫁がせると約束したのである。

　こうして秀吉は、最後まで秀頼を案じながら、八月十八日、ついにこの世を去った。享年六十二であった。

　混乱を避けるために、しばらくの間、対外的に秀吉の死は隠されることになり、政権は家康ら五大老と石田三成ら五奉行によって執り行われることになった。

「これより太閤殿下のご遺言をお伝え申し上げまする」

　石田三成は、五大老五奉行を広間に集めると、そう告げ、平伏させた。

「これより、北政所さまは京の太閤屋敷にお移りを、大坂城には秀頼さまと淀の方さまが住まうこととし、傅役（もりやく）の前田利家さまとお移りをというのがご遺言にございまする。なお、徳川さまには伏見城にお入りを願わしゅうというのも、太閤殿下のご遺言にございました。つきましては次の段取りにて、お住み替えの采配を取りたく存じまする。まずは京の太閤屋敷と大坂城の改築についてですが……」

　よどみなく話す三成には、いかにも亡き太閤殿下が治部少輔（じぶしょうゆう）（外交・冠婚などの実務全般を取り仕切る）を任せただけの聡さがあったが、家康にしてみれば、三成は十八も年下の若造に過ぎず、得意げに采配している姿も虎の威を借る狐ぐらいにしか、映っていなかった。

家康は伏見城へ入れというのも、遺言とは名ばかりで、江戸に返して軍備を整えられては厄介なのだろう。三成は上手く牽制したつもりだろうが、小心者の心根が透けて見えてしまう。しかしながら、家康は異を唱えることはせず、「わかり申した」とおとなしく従ってみせた。諸大名の動きを見るためにも、今は京に留まっておいた方がよいからだ。とりあえず、三成の気の済むように話させてから、家康はおもむろにこう切り出した。

「仮に、太閤殿下が御隠れになったことが他の者に知られると、この機に乗じて上洛などと考える愚か者が出ないとも限らぬ。我らで天下を守るとしても、内憂外患の今の有様は芳しいとは言えぬ。じゃによって、すぐさま、明・朝鮮と和議をし、撤兵すべしと考えるが、皆々さま、いかに」

「異議なし」

「徳川さまのおっしゃる通りがよろしいかと」

五大老はみな即座に賛同した。もともと誰も本気で明を征服できるなど考えていなかったのだ。三成を除く四奉行もみな、頷いている。ただ、三成だけは一瞬、何か言いたそうに身を乗り出した。

「治部どの、何かあるのかな」

家康の問いに三成は頷いた。

「そうと決まれば講和は有利に進めねばなりませぬ。あちらにいる者たちにも太閤殿下が御隠れになったことは伏して事を進めた方がよろしいかと」

「なるほど、そういたそう」

家康は一応なるほどと感心してみせたが、そのようなことは既に考え済みであった。当面の間は戦い続け、一つでも多く勝ったところで和議に持ち込むのは、戦国武将として常套手段。そして、そのためには味方の戦意を失わせてはならない。

こうして、遠征軍にも秀吉の死は知らされないまま、和議は慎重に進められ、泗川（しせん）・順天（じゅんてん）・露梁（ろりょう）の三つの戦いにかろうじて勝つと、十一月二十日、遠征軍は撤退を完了したのであった。

明けて慶長四（一五九九）年正月、秀頼と淀の方は、傅役の前田利家と共に大坂城に入った。

この頃から、三成は家康に対して強い警戒心と激しい対抗心を剝き出しにし始めた。ただ、家康は、三成のことをほとんど脅威には感じていなかった。

事実、「御掟」で決められていた大名同士の婚姻についても、家康は反故にし、第六子の忠輝と伊達政宗の長女を婚約させ、他の大名にも養女を嫁がせるなど、勝手に推し進めた。当然反発はあった。特に三成にとってはこれが挑発に思えた。

そのような中、五大老の一人、秀吉の盟友で秀頼の傅役でもあった前田利家が病没してしまい、三成はさらに焦った。太閤の遺志はないがしろにされるばかりで、家康を亡き者にしなければ豊臣を守れないと考えるようになっていったのである。

一方で三成に対して不満を抱く者もいた。加藤清正、黒田長政ら朝鮮で熾烈な戦いをしたのに、無能呼ばわりされた者たちである。もともと軍功で貢献してきた彼らと行政や実務の才で出世してきた三成とは相容れない部分が多かった。これに朝鮮出兵時での確執が加わって、反目は極限状態に達しようとしていた。

そんなある日、家康は北政所於寧の訪問を受けた。於寧は京へ移ってから髪を下ろし、高台院と呼ばれるようになっていた。

「少し伏見見物に参りましたので、ご挨拶をと」

ついでのような口ぶりであったが、高台院の顔には何か深刻な願いがあると書いてあった。

「何か、ご不便はございませぬか。私でできることがありましたら、何なりと」

そう促してみると、図星だったようで、高台院は家康の前に手をついた。

「では、一つ、お願いがございます」

「お手はお上げを」

「いえ、お聞き届けいただかねば」

「何でございましょう。どうぞ、ご遠慮のう」

高台院の願いは、石田三成と加藤清正らとの確執をどうか鎮めて欲しいというものであった。

「あの子らはみな、幼き頃から小姓として仕えてくれていた者たち。いがみ合わぬように何度も言い聞かせてはきましたが、もう私の手ではどうにもなりませぬ。どうか、徳川さま、みなが仲ようできるようにお力をお貸しくださいまし」

「そのことであれば、ご心配には及びませぬ」

家康はゆったりと笑みを浮かべ、高台院に頷いた。家康はどちらかといえば、清正らに近く、あの面倒くさい三成を彼らが亡き者にしてくれれば、それはそれで楽ではあったが、ここで高台院に恩を売っておく方が、得策であると判断したからである。

高台院は何度も礼を言い、帰っていった。その後ろ姿は子を思う母以外の何者でもなかった。

「さて、どうしたものか……」

　どうせなら、三成にも恩を売っておいた方が良い――。

　結局、家康が何も画策する必要はなかった。清正らは三成襲撃の暴挙に出てくれたからである。このとき、家康は直ちに仲裁に入り、三成を救って居城へ立ち去らせた。だが、三成は恩を感じるどころか、政権中枢から追いやられたと感じた。両者の仲が融和することはなかったのである。

　慶長五（一六〇〇）年五月、五大老の一人、会津の上杉景勝が城郭整備・兵糧武器の確保などを行っていることを知った家康は、謀叛の準備でないなら上洛して弁明するよう要請した。しかし、上杉側は「あらぬ疑いをかけるとは笑止千万。謀叛だと思うならかかってこい」と逆に挑戦状を叩きつけた。これにより家康は上杉討伐を決意するしかなく、福島正則、黒田長政、細川忠興ら五万六千の兵を率いて、京を発った。

　すると、三成はこれを好機ととらえ、家康に宣戦布告した。

「家康は、太閤殿下の取り決めをことごとく破り、政を自分のものにした逆臣。今こそ、亡き太閤殿下の恩顧に報いるとき、家康を討ち、秀頼さまへの忠義を尽くそう」

そうして、上杉へ進軍中の諸侯の妻子を人質に取り、伏見城を襲撃した。この挙兵に賛同した毛利輝元は総大将として、淀の方と秀頼のいる大坂城の守りに入った。

このことを江戸の先、下野国小山で知った家康は三成討伐を決意。ここに全国の諸侯を巻き込んだ天下分け目の戦の火ぶたが切って落とされたのである。

八月五日、家康は態勢を立て直すべく、一旦、江戸城に入った。出迎えた阿茶は事の成り行きを聞き、青ざめた。

「殿が逆臣とはいったいどういうことでございますか」

「だからこそ、三成めを討たねばならぬ」

家康の硬い表情を見て、阿茶は避けられない戦なのだと覚悟した。

「上杉はどうするので?」

「秀康を残して来た。あいつなら抑えてくれるであろう」

家康の次男で秀吉の人質にやられた於義丸改め結城秀康はこのとき二十七歳。下総結城家五万石の跡目を継ぎ、勇猛果敢な武者に成長していた。さらに、家康の横には四男の松平忠吉（二十一歳）と、五男・武田信吉（十八歳）の勇ましい鎧姿もあった。

彼らと秀忠（二十二歳）はこれが初陣になり、阿茶はそれを案じていた。

「秀忠どのは？」

「別道で向かわせている。心配するな。康政も正信もついておるわ」

榊原康政、本多正信は三河から家康に仕えている武将たちである。家康は秀忠を別隊大将とし、全兵力の半分を任せ、中山道から向かわせることにしていた。

「行ってくる。江戸には信吉を留守居として残すゆえ、案じず、朗報を待て」

阿茶は家康の言葉を信じて、待つことしかできなかったのである。

家康本隊は三万の兵で東海道を西上、三成に従う城を潰しながら京を目指した。

一方、三成率いる西軍は、伏見城を落とすとそのまま東に向かい、大垣城に入った。

ここを本拠とし、東軍を迎え撃つ計画だった。

九月十四日夜、三成率いる西軍は関ケ原にて鶴翼の陣形を敷き、家康率いる東軍を待ち構えた。総兵力は西軍約八万、東軍は七万五千。このとき、秀忠の別隊はまだ関ケ原に到着しておらず、数でいえば西軍が有利だった。

秀忠の別隊は、途中、信州上田城の真田勢に苦戦し、間に合っていない。

九月十五日、朝靄が晴れると同時に、両軍の鉄砲隊が火を吹いた。

当初、積極的に戦っていたのは三成、宇喜多秀家、大谷吉継、小西行長らで、善戦していたものの総力は合わせて三万弱に過ぎなかった。三成が頼りとしていた毛利軍も島津軍も動こうとしない。さらには小早川秀秋率いる一万五千の兵が東軍に寝返ったため、西軍は総崩れとなり、三成は敗走した。こうして、わずか半日の戦いで決着がつき、家康は天下分け目の戦いに勝利したのであった。

上杉抑えに回った秀康は途中から伊達政宗の加勢もあり、十分にその役目を果たした。関ケ原が東軍圧勝で決したことがわかると上杉はすぐさま降伏した。

後日、捕まった三成と小西行長は引き回しの上、斬首された。また、宇喜多秀家は配流に処されている。

しかし、関ケ原のきっかけを作った上杉景勝に対しては、直接争った秀康がとりなしをし、家康への謝罪もあったため、出羽米沢への国替え減封で済ませた。

また、毛利輝元は総大将ではあったが、抵抗せず大坂城を出たため、周防・長門二か国へ減封という形で赦され、秀頼にも淀の方にも咎めはなかった。

豊臣に対する諸侯の思いはそれぞれで、未だ恩義を感じる者もいた。家康はわずか八歳の秀頼を処断して彼らを刺激するよりも受け入れることを選んだのだ。

問題は、関ケ原に遅参するという大失態を演じた秀忠だった。

上杉攻めで功のあった秀康、関ケ原で先鋒として大活躍した忠吉、江戸を守った信吉ら他の兄弟には大幅な加増があったが、家康は秀忠の失態には怒ってしばらく面会すら許さなかった。

「殿、秀忠どののこと、まだお許しにはならぬおつもりですか？」

阿茶は家康の機嫌がよいときを見計らって、そう声をかけた。しばらくぶりに江戸に戻った家康は、お気に入りの生薬を薬研で挽き続けている。

「あやつ、お前に泣きついてきたか」

「……いえ、そのようなわけでは」

阿茶は首を振った。実際、秀忠から頼まれたわけではない。それに、家康の落胆もよくわかっていた。別隊の大将に任じたのも嫡男として期待していたからで、その分、落胆が大きかったのも痛いほど伝わってきていた。ただ今回のことで、親子の間に亀裂が入ってしまわないか、それだけが案じられてならない。

「……わしにはあやつは、戦の神に見放されているとしか思えんでな」

家康は薬研を挽く手を止めて、一つ吐息をついた。

「それほどにございますか」

「ああ。むろん、初戦の相手が真田というのも運が悪いとしか言いようがない。しかしそれにしても、まともにぶつかり、勝てばまだしも、翻弄され続け、肝心の戦に遅れを取った。このまま捨て置くのは、周りに示しがつかぬ……」

阿茶には、家康が振り上げた拳の下ろし時に迷っているように見えた。

許したいのは山々だが、周りがどう思うのか。自分は戦国を生き抜く厳しさを子に伝えきれていないのではないか——そんな思いもあるようだ。

「ひとつ、申し上げてもよろしゅうございますか」

「うむ。よいぞ」

「思うに、秀忠どのは素直なのだと思います。それに人の話をよう聞く優しさもお持ちです」

「素直……優しさ？　そのようなもの戦場では役に立たぬ」

「ええ、確かに。戦場ではいずれも不要、優しさなど見せれば、命に関わることもございましょう。けれど、戦場でなければ」

「何が言いたい」

「もうおわかりでしょうに」

と、阿茶は家康に微笑みかけた。

「……なるほどな。奴の真価は戦のない世でこそ発揮されるか」

「はい。そう思えば先が楽しみではありませぬか」

「まぁな」

家康は頷くと、微かに笑みを漏らした。

「さて、では鷹狩にでも誘ってやるとするか。いや、その前に町づくりの具合を尋ねてと……」

家康は秀忠と会う算段を考え始めた。ようやく許す気になったようだ。

阿茶はほっと胸を撫でおろしたのであった。

ともあれ、関ケ原の結果、家康が天下を治めることに異議を示す者はいなくなった。

家康が武門の棟梁、征夷大将軍に任じられるのも間近と誰もが思っていた慶長七（一六〇二）年、母の於大が阿茶と共に上洛し、伏見城に入った。

於大は夫久松俊勝の死後、髪を下ろし、伝通院（でんつういん）と号していた。既に七十四歳と高齢であったが、柔らかな笑顔は昔のままで、家康を喜ばせた。

「どうしても最後にお会いしておきとうて」

「何をおっしゃいますか。まだまだ長生きしていただかねば。どこぞ行きたいところがあれば、お連れいたしましょうほどに」

「では豊国神社にお連れいただきたく」

豊国神社とは、豊国大明神、すなわち太閤秀吉を祀った神社である。

「豊国へ……」

怪訝な顔をした家康に、阿茶は伝通院に代わって、こう答えた。

「伝通院さまは、徳川は豊臣に二心ないと、天下にお示しになりたいと仰せで。高台院さまにもお会いしたいと」

それは道中、伝通院が語っていたことであった。

「お連れくださいますか」

年老いた母の願いを知って、家康は少し驚いたようであったが、すぐに伝通院の手を取り、こう答えた。

「むろん、いずこなりと」

「嬉しいこと……」

「わざわざお越しいただき恐悦にござりまする」

高台院も伝通院の訪問を喜んだ。

「どうしても、一度お目にかかり、家康のこと、徳川のこと、誤解のなきよう、お伝えしとうて」

伝通院がそう話すと、高台院は誤解などしていないと首を振ってみせた。家康は秀吉の正室だった高台院に対しても、穏やかな老後を過ごせるように手厚く庇護をし続けていた。

「何をおっしゃいます。徳川さまにはようしていただいております。お礼を申し上げねばならぬ身にございますれば。徳川さまには豊臣のこと、これからもよろしゅうお願いいたしたく」

「いえいえ、お願いしたいのはこちらにて……」

そう言って頭を下げ合っている二人を阿茶は微笑ましく見ていた。

「そろそろお茶になさいませんか」

「おお、それはいい。阿茶どのとも久しいなぁ」

「はい。高台院さまとまたこうしてお会いできるとは嬉しゅう存じます」

「おなご同士、今日はゆっくりとお話ししましょう」

「ええ、そういたしましょう」

阿茶と伝通院、そして高台院は徳川と豊臣の垣根を超えて、語り合っていた。

伝通院はこうして、最期の日々を京で過ごした。

同年八月二十八日、伝通院は家康の見守る中、伏見城にて逝去した。遺骸は遺言に従って江戸へ運ばれ、小石川の寿経寺（じゅきょうじ）に葬（ほうむ）られた。このことにより、同寺は傳通院（でんつういん）と呼ばれるようになった。

そして、翌年の慶長八（一六〇三）年二月、家康はついに朝廷より征夷大将軍に任じられ、江戸に徳川幕府を開いたのであった。

五　豊臣滅亡

一

家康は天下人になったが、徳川家では頭の痛い問題が勃発していた。

「秀忠さまより、関ケ原で功のあった忠吉さまの方がよいのでは」

「いや、それを言うなら、秀康さまであろう。秀康さまはなんといっても兄上だ」

既定路線だった嫡男秀忠が、関ケ原で遅参したという大失態が尾を引いて、徳川家中ではそんな声がささやかれ始めたのだ。

家康はこのとき六十二歳。関ケ原の後からも三人の男子ができるほど、心身ともに健康そのものであったが、隠居してよい年齢はとうに超えている。

誰に跡を継がせるかは、周囲にとって重要かつ火急の問題でもあった。

特に次男の結城秀康を推す声が大きかった。三男の秀忠よりも年上かつ敵対した上杉を赦してとりなすなど人柄も良く器量も大きい。秀忠の同母弟で四男の忠吉は徳川の重鎮・井伊直政の娘を正室にしていて、彼を推す声もあった。もう一人、関ケ原で加増となった五男の信吉は病没したため、必然、名前が上がるのはこの二人だった。

「阿茶さまはどのようにお思いなのですか！」

秀忠の正室・江はその日も機嫌が悪かった。

「そのように強いお言葉を発せられると、お腹の子に障りますよ」

阿茶はそう諭して、江に気が鎮まるようにと薬茶を勧めた。正直、この嫁が少々苦手だ。しかし、江は秀忠とは非常に仲が良く、千姫の後も珠姫、勝姫、初姫と立て続けに子を成し、さらに今も懐妊中だ。なかなか嫡男を産むことができず、苛立っているのはよくわかった。だが、不思議なことに江は産めば産むほど艶やかさが増すという不思議な体質の持ち主だ。しかも怒れば怒るほどに美しさが際立つ。美女が怒ることを「柳眉を逆立てる」というが、まさにこのことだと阿茶は半ば感心していた。

「けれど、これが黙っていられましょうか」

「気持ちはわかる。私とて穏やかではない。けれど、奥が騒ぎ立てて良いことなど何もない。秀忠どのが辛いお立場になるだけ。殿のお気持ちは、秀忠どのを右近衛大将にと奏上されたことからもわかるはず」

近衛は武器をもって朝廷を守る者に任じられるもので、その右大将は征夷大将軍に準じる。つまり、家康は秀忠を跡継ぎとみなしていると考えられた。

「……確かにそれはそうですが」

江は当初心配したほど高慢ではない。阿茶に対しては、秀忠が母のように慕っていることがわかっていて、ちゃんと立てようとしてくれている。それは助かっていた。

「それより、千姫から便りはありましたか。元気にしているのでしょうか」

故太閤との約束通り、千姫は豊臣秀頼との婚姻を行い、大坂城に入っていた。

「姉上さまが可愛がってくださっていると存じます。秀頼さまと仲よう遊んでいると」

秀頼は十一歳、千姫は七歳。まだ幼い雛のような夫婦である。

「けれど、秀頼さまは内大臣を任じられたとのこと。しかも正二位でございますよ。義父上さまはこのこと、どのようにお考えなのでしょう」

秀忠の任官のすぐあと、秀頼は内大臣になっていた。秀忠は格下の従二位のままだ。江は、朝廷から徳川が豊臣の下に見られているのではないかと指摘していた。

「さぁ、それは。……今度伺ってみましょうね。それより今はお腹の子のことを大事に。次こそは若をお産みくだされ」

一応、戦乱の世は収まったはず。これ以上何も起きて欲しくはない——。

そう思いながらも、阿茶は一抹の不安がよぎるのを感じていた。

翌年の慶長九（一六〇四）年四月、江は待望の男子（のちの家光）を産んだ。秀忠の嫡男としてこの子は竹千代と名付けられた。徳川にとってこの幼名は本家を継ぐ子という重要な意味を持つ。すなわち、子の父である秀忠が本流だと示されたわけで、揺らいでいた徳川内部も鎮まりをみせた。

さらに家康は、秀忠に将軍職と江戸城を譲り渡し、自らは隠居し、大御所になると宣言した。その言葉通り、慶長十（一六〇五）年四月、秀忠は征夷大将軍の宣下を受け、徳川幕府二代目の座を引き継いだ。これにより、内外に向かって、天下はこれより代々徳川が治めると宣言したのも同じであった。

ただし、家康は家督を譲り渡したものの、政一切から手を引いたわけではなかった。家康は天下普請として、自らの隠居所と定めた駿府城の修築工事を諸侯に命じた。それより前には京での拠点としての二条城築城、さらに江戸城の修復も命じている。いずれも幕藩体制を固めるべく、反発しようがないように諸侯の資金力を削ぐためであった。特に駿府城の天守台は江戸城や大坂城のそれよりも大きく造らせた。

誰が見ても、大御所が天下一だと感じさせる威容を誇ったわけである。

「殿はやはり駿府がお好きなのでございますね」

「まぁな。おい、それよりこの薬はえ～っとどれと合わせるのであったかな」

阿茶は家康とともに修築が終わった駿府城に移っていた。家康と二人並んで薬の調合をするのが近頃の楽しみだ。

阿茶は薬研を挽く手を止めて、薬棚に手を伸ばした。

「お小水が近いと仰せでしたね。でしたら、やはり補腎はいたしませぬと。冷えもおありのようだし」

近頃、家康は足腰のだるさ、目のかすみ、多尿を訴えることが増えた。加齢とともに腎が弱るのは仕方がないことだ。身体を温め、肝と腎の気を補うことが必要だ。

桂皮や地黄、山茱萸、沢瀉、牡丹皮など生薬をあれこれ出してみせると、家康はその一つ一つの香りを嗅ぎ始めた。

「よし、これを加えよう。今はこれが欲しいと身体が言うておる」

「なるほど、では少し多めにしてみましょうか」

「うむ。あと車前子を使うのはどうであろう」

「浮腫みを取るのによろしいかと。試されますか」

生薬の独特な香りが、阿茶にとっては幸せの証である。

江戸城の奥向きは、江と竹千代の乳母である於福（のちの春日局）が仕切っていた。

慶長十一（一六〇六）年には、秀忠と江の間に次男・国千代（のちの忠長）が誕生し慶事が続いている。後は若い者たちに任せて、こうしてのんびりと家康と過ごせる喜びを、阿茶は思う存分味わっていた。

しかし、これで終わるわけではなかったのである。

二

順調に思えた日々に翳りが射したのは、慶長十二（一六〇七）年に入った頃であった。三月、まだ二十八歳の四男・忠吉が急死した。しかも、続いて、次男の秀康も三十四歳という若さで亡くなってしまう。二人とも病死であったが、秀忠を盛り立てるべき二人の死は、家康のみならず徳川家全体にかなりの衝撃を与えた。

同じ年の十月、秀忠と江の間に女子が生まれた。和姫と名付けられたこの姫を、家康は、入内させると言い出した。次期帝となる政仁親王の后にするというのである。

「なんと畏れ多いことをお考えに」

阿茶は驚き、家康の考えを問いただした。

「いや、これしかない」

家康は真剣であった。

「よいか、幕府と朝廷とが繋がりを深めてこそ、真の意味での戦のない世が来る。そうでなくてはならぬ」

言われてみれば、一理はあった。今、日ノ本を実質的に治めているのは徳川家だが、朝廷、帝の存在を忘れてはならない。古来、人々は帝を神格化し、不可侵なものとして崇めている。帝と密接に結びついておかなければ、天下が揺らぐことは、それまでの歴史が証明していた。

家康はこれより、和姫入内へ向けて入念な根回しを始めるが、朝廷側は「先例がない」と突っぱね、容易に事は進まなかった。

慶長十六（一六一一）年、後陽成天皇は退位することになり、十六歳の政仁親王が後水尾天皇として即位した。

この祝賀のために上洛した家康は、また一つ懸念を抱えることになる。

それは、二条城での出来事であった。

家康はこの日、豊臣秀頼を招いていた。成人した秀頼の姿をまだ見ていない。秀頼には孫の千姫が嫁いでいて、いわば大舅（おおしゅうと）の立場にある。これまでも挨拶に来るようにと促したことがあったが、ことごとく淀の方が反対し、実現することがなかった。

今回も淀の方が口を挟むかと思ったが、秀頼は来るという。最後に会ったのは家康が征夷大将軍に任じられたときで、秀頼は十一歳だった。今は十九歳。どのような若者に育っているのか。同じように猿顔であろうか――。

家康は、秀吉の顔を思い浮かべ、さほどの男ぶりではないだろうと軽く考えていた。ところが、二条城に現れた秀頼をひと目見た刹那、家康はその考えが愚かであったことに気づいた。

秀頼の身の丈は六尺以上あろうか、堂々とした体躯（たいく）、身のこなし、そしてなにより、美形であった。黒々とした眉、通った鼻筋、口元、どれをとっても秀吉似ではなく、淀の方の良さを引き継いでいる。淀の方は、戦国一の美女と謳われたお市の方（織田信長の妹）の娘だ。それは、同じ血を引く秀忠の正室・江を見ていればわかっていて当然のはずであった。

しかも、秀頼と目を合わせた瞬間、家康は「うっ」と思わず唸りそうになった。その目にあの織田信長の気迫を感じ取ったからだ。

「……ようこそおいでになった」

家康は秀頼を二条城でも最上の間となる「御成の間」に通そうとした。

「そのような所はまことに畏れ多いことで、私はこちらにて十分にございます」

秀頼はそう固辞した。これが淀の方なら平気で上座に座っただろうが、秀頼は大舅の家康を立てて、へりくだってみせた。卑屈なわけでも虚勢を張るわけでもない。その爽やかな物言い、品のある立居振舞は見事としかいえないものであった。

「いかん、あれはいかん……」

秀頼が帰ったのちも、家康は思わず独り言を呟くほど、衝撃を受けていた。どう贔屓目に見ても、秀忠とは器が違い過ぎる。朝廷が未だに豊臣を大事にしているのがわかる気がした。あれではいつ関白に任じられてもおかしくない。

そのとき、家康のもとへ施薬院宗伯が挨拶に訪れた。全宗亡きあと施薬院を継いだ養子である。生前の全宗との約束通り、家康は施薬院を保護していた。

「久方ぶりじゃな」

宗伯は全宗が生前語った通り、博識で腕も良い。生真面目で権力欲もない。医術に専念することが何より好きだという姿勢を家康は気に入っていた。

「はい。以前お求めになりたいとおっしゃっておられた医学書、ようやく写本し終わりましたのでお持ちいたしました」

「それは助かる。これへ」と、声をかけたが、宗伯は家康の顔色を窺いながら、「何かご気分が優れぬことでも？」と尋ねた。

「そう見えるか」

「はぁ、少しお顔の色が優れませぬ。食は進んでいらっしゃいますか」

「それは大丈夫だが……」

家康がふっとため息を漏らしたのを見て、宗伯は慰めるようにこう言った。

「あの落首(らくしゅ)のことでしたら、お気に病むことはないかと」

「落首……何のことだ？」

「はっ、これは失礼を。こちらに来る途中でも目にしてしまい、つい。お忘れを」

宗伯は余計なことを言ってしまったとうろたえている。

「よいから、言うてみよ。何が書いてあったというのだ」

落首とはいわば匿名の落書きで、世相を風刺(ふうし)した狂歌を詠んだものだ。この頃、庶民の間で流行っており、人の集まりやすい辻や河原などには落首を書いた立て札がよく見かけられた。不平不満を直(じか)に表明できない人々はそれで溜飲を下げていたのだ。

「それはご勘弁を……」

「頼む。教えてくれ。その方を罰すると言うておるのではない。ええい、言わぬか！」

普段温厚な家康だけに睨むと怖い。宗伯は怯えつつこう答えた。

「落首には……『御所柿はひとり熟して落ちにけり　木の下にゐて拾ふ秀頼』と」

御所柿、すなわち大御所家康を指す。天下を拾うのは、木下藤吉郎（関白秀吉の旧名）の息子・秀頼だと詠んでいるのだ。

家康の顔は青ざめ、ぶるぶると手が震え始めた。

「どうか、どうか平にお許しを」

宗伯が謝る声さえ、耳に入らないほどであった。

京からお戻りになってからというもの、どうもご様子がおかしい——。

阿茶はそう感じるようになっていた。近頃見せていなかった険しい表情が増え、寝つきが悪くなり、時折うなされてもいる。

何があったのかと聞いても、言いたくない様子で教えてくれない。

天下普請と称して、尾張名古屋城の築城を急がせているのを見ると、大坂方に睨みを利かせたいのだろうと察しはついたが、「秀頼さまはどのような御方でしたか」と、問いかけても、芳しい答えは返ってこなかった。それどころか、あまり秀頼の名を聞きたくないのか、すぐに話をそらしてしまう。

阿茶は、父の跡を継いだ服部半蔵に、京・大坂の様子を尋ねた。

「二条城でのご会見は滞りなく終わっておりまする。特にご心配になるようなことはございませぬ」

「秀頼どのはどのような御方か」

「さようですね。頼もしくご立派なお人柄かと。悪く言う者はおりませぬ」

この悪く言う者がいないのが、実は問題だということに阿茶は気づかなかった。

「特に問題はないということか。で、今は何をしておいでか」

「はい。亡き太閤殿下のご遺志を継ぎたいとのことで、京の大仏殿再建を進めておいでてございます」

京の大仏——かつて太閤秀吉は、天下一の大仏殿建立(こんりゅう)を目指したことがあった。このときの大仏は、工期を縮めるため、銅造りではなく木製であったが、完成したその高さは、東大寺のものをしのぐ六丈三尺（約十九メートル）に達するたいそう立派なものであった。しかし、この大仏は完成した翌年の慶長伏見大地震により倒壊してしまう。そして、秀吉存命中の再建は叶わなかった。秀頼はこの大仏再建に着工したというわけだ。このこと自体は、豊臣の財力を削ぐことになるので家康は積極的に支持しているという。これも問題はなさそうであった。

胸騒ぎはするものの、阿茶は静観するしかなかったのである。

再建に際し、大仏は銅造りにし直され、全身に金箔が貼られた。

慶長十九（一六一四）年には梵鐘（ぼんしょう）も完成し、あとは開眼（かいげん）供養を執り行うだけということになっていた。しかし、そこで、騒動が起きた。

梵鐘に彫られた銘文のうち、「国家安康」は徳川家康の家と康を分断しており不吉、さらに「君臣豊楽」は、豊臣方が君主となることを願っている。いずれも徳川家呪詛（じゅそ）の文言ではないか――。最初に懸念を表明したのは、家康の朝廷外交や宗教上の相談役だった天台宗の大僧正（だいそうじょう）・天海（てんかい）と、側近として実務を担当していた本多正純（ほんだまさずみ）であった。この二人に加え、臨済宗の僧侶で立法に詳しい金地院崇伝（こんちいんすうでん）が駿河における家康の参謀的役割を担っていた。

「なぜ、そのような言いがかりを」

　家康が開眼供養に待ったをかけたと知って、阿茶は思わずこう問いかけた。江戸の江からも大坂方と戦をなさるおつもりではないかと心配の文が届いていた。

「言いがかりじゃと」

「これが言いがかりでのうて、何でございますか。だいたい呪詛だの、呪いだの、一番お信じになられていない御方がおかしゅうございます」

　阿茶が詰め寄ると、家康は苦笑した。やはり自分でもおかしいと思っているらしい。だが、すぐに嫌々と首を振ってみせた。

「確かにな。しかし、こうでもしなくてはならぬのよ」

「どういうことでございますか」

「つまりそれは……戦はもうしとうないであろう。これはそのために必要な方便ということだな。揉めたくはないのは百も承知じゃ」

　家康は少し苦しそうな表情を浮かべている。天海か崇伝かが考えたこと——阿茶にはそう思えた。だが、これ以上口を挟むのもはばかられた。

「……お願いでございます。どうか、穏便にお収めを」

「ああ、わかっておる」

この件について、秀頼は即刻、とりなしの使者として片桐且元（かたぎりかつもと）を送って来た。こういうところも如才ない。さらに且元を追うようにして、淀の方の使者として、大蔵卿局（おおくらきょうのつぼね）（大野治長（おおのはるなが）の母）が駿府に来た。大蔵卿局は淀の方の乳母であり、大坂城の奥向きではもっとも強い立場にあった。阿茶はこのとき共に面談したいと家康に願い出たが、許してはもらえなかった。

家康は且元の方は待たせ、大蔵卿局にはすぐに対面した。

「わざわざおいでくださることもなかったに。何も心配することはない」

家康は終始にこやかな表情で応じ、大蔵卿局を安堵させた。そして、その様子を後で側近から聞いた阿茶も胸を撫でおろした。

だが家康は、且元には全く別の側面を見せていた。自らは面談せず、正純に命じ、次の難題を突き付けたのである。それは今回の件を許す条件として次の条件のうち一つを選ぶように秀頼に告げよというものであった。

一、淀の方を江戸に寄越し住まわせること。

二、秀頼が江戸へ参勤すること。

三、豊臣家は大坂城を出て国替えを受け入れること。

一は要するに人質になれということであり、二は徳川の臣下としての従属を意味し、三も同様である。徳川幕府への忠誠を誓うという意味で、他の諸侯にも起請文を出させ、かつ、似たようなことは課してきていた。しかし、豊臣にとって受け入れがたいものであるのは明白であった。

先に帰っていた大蔵卿局からはお咎めなしと聞いていた大坂方は困惑した。どちらが正しいのか——家康はこちらを試すつもりかとも感じた。

秀頼はそれでも何とか和解の方向を模索しようとしたが、淀の方の怒りは凄まじく、使者の且元を徳川に寝返った裏切り者と決めつけ放逐した。且元はそのため、対徳川強硬派に命を狙われる羽目に陥ったほどであった。そして、これら大坂方の動きは逐一、京都所司代・板倉伊賀守から、家康の元に伝えられていた。

「大坂方はあくまで逆らうつもり。浪人衆を集め、謀叛を企てております」

慶長十九（一六一四）年十月一日、急報を受けた家康は深く息を吐き、阿茶に「すまぬ」と一言告げた。

「豊臣と戦になるのでございますか」

戦をしないための方便などと、なぜ嘘をついたのか——そう非難するのは簡単だ。若い頃の阿茶なら迷わず、そう詰め寄っていた。泣いて怒って家康にもひどい言葉を浴びせたかもしれない。しかし、それは今の阿茶にはできなかった。

淡々と尋ねただけでも、家康は阿茶の怒りがわかるのか、目を見ようとしない。

「……今、潰しておかねば、必ずや秀忠に難が及ぶ。天下はまた乱世に戻る」

家康は苦しい表情のままそう呟くと、ぎゅっと唇を噛み締めた。

そうか、そういうことだったのか——。

家康はもうすぐ七十四歳になる。禍根(かこん)を次の世代に残したくないという思いで動いているのがわかるだけに、阿茶はもう何も言うことができなくなった。

どうか、これが最後の戦になりますように——。そう祈るしかないのか。

家康は諸大名に「大坂討つべし」と、陣触を発した。豊臣方も秀吉恩顧の諸大名に馳せ参じるようにと書状を送り、のちに大坂冬の陣と呼ばれる戦が始まったのである。

三

十一月十七日、家康は住吉(すみよし)に、秀忠は平野(ひらの)に本陣を置き、大坂城の包囲を開始する。

この時、徳川方の軍勢およそ三十万に対し、豊臣方に馳せ参じた者は半分に満たない十三万。しかも、そのほとんどが関ケ原の合戦以降、御家取り潰しになった浪人たちであり、大名は一人もいなかった。浪人たちの中には、信州上田で秀忠を翻弄した真田など歴戦の勇士も多かったが、寄せ集め急ごしらえの軍であることは否めず、全軍の意思統一を図ることは難しかった。

戦術において、秀頼側近で淀の方からも信頼篤い大野治長は籠城を唱え、迎撃を進言する真田幸村と対立した。徳川を見返して一旗揚げたい浪人衆の多くは、真田案に賛同した。このとき、淀の方は「どんな敵が攻め込んでこようとも、大坂城は十年でも持ちこたえられる」と主張し、結局は籠城作戦が取られることとなる。

それでも幸村は、大坂城の南、平野口に出城（砦）真田丸を築き、徳川方を牽制することとし、他の武将もこれに準じて砦を造った。

十一月十九日、本格的な戦いの火ぶたが切って落とされた。数では圧倒的優位に立つ徳川方は、豊臣方の出城を次々に攻め落とし、豊臣方は大坂城に逃げ込むしかなくなる。だが、真田丸だけはしぶとかった。十二月に入ってからも幾度となく徳川方を翻弄しつづけ、一歩も引かぬ戦いぶりを見せつけた。これにより、徳川方もかなりの兵を失い、戦いは膠着状態に陥った。

その頃、徳川方京極忠高の陣営に阿茶の姿があった。

家康はこの戦で禍根を絶つつもりだろうが、潰し潰され合う戦などもうこりごりであった。叶うことならば、豊臣と和議をして欲しい。そして淀の方や秀頼君、なにより、千姫を助けたかった。秀忠を我が子と思う阿茶にとって、千姫は孫も同然なのだ。

開戦以来、阿茶はどの方法が一番、淀の方を刺激しないかを考えていた。そのとき脳裏に浮かんだのは、浅井三姉妹の次女・初のことであった。初めて会ったとき、彼女は高慢な姉をなだめ、なんとか周囲と上手く行くように取り持とうとしていた。

初は若狭（わかさ）の京極高次に嫁いでいたが、夫を亡くすとすぐさま髪を下ろし、今は常高院（じょうこういん）と名乗っていた。高次は関ケ原では家康側についていて、跡継ぎの忠高も徳川軍として戦っている。その面からも頼りやすかった。

阿茶は、同じく和平を望む江を通じて常高院と連絡を取った。久方ぶりに会う常高院は、僧服に身を包んでいるせいか、江よりも落ち着きがあるように思えた。

挨拶もそこそこに、阿茶は何とか和議を成立させたいと話を持ち掛けた。常高院も同じ考えで、既に淀の方に会い、幾度か、投降を呼びかけもしたと話した。

「淀の方さまはどのように仰せで」

阿茶の問いに、常高院はかなり厳しいと首を振った。

「戦が始まる直前には、私のことも裏切り者呼ばわりなされ、絶対に負けはせぬと。

けれど、強がりであることは姉上もわかっておいでだったように思います」

「さようで……」

「何とかして、助けることができればと願っているのです。意外にお思いかもしれませぬが、姉上はさほどお強い方ではありませぬ。幼い頃は母に似ておっとりと優しいお人でした」

「お市さまに？」

阿茶の問いに常高院は頷いてみせた。

「もうこんな悲しいことは終わりにしとう存じます。ましてや姉と妹が敵味方など」

「江どのも同じことを言っておいででした。私もそう思います。殺し合うなど愚かなことは止めにしたい。命を奪い合うことなく、天命を全うできる世を造るのが、私の願いにて」

「けれど、大御所さまはやはり豊臣をお潰しになるおつもりなのでは？」

心配している常高院に、嘘はつきたくなかった。

「……今のままではそうなってしまいましょう。だからこそ、常光院さまのお力をお借りしたいのです。最悪のことにならぬうちに、必ず、この戦、何としても両者の矛を収めさせ、共に生きる道を探さねばなりませぬ」

常高院は阿茶に向かって強く頷いた。

「今のお言葉、北ノ庄の戦での母を思い出しました」

北ノ庄の戦とは、秀吉が柴田勝家を破った戦である。あのとき、三姉妹の母、お市の方は勝家と共に自害して果てたのだった。

「あの折、母は私たち三人を呼んで、こう言いました。『何があっても生きよ、死んではならぬ。共に生きる道を歩け』と」

阿茶の脳裏に、遠い昔、母が叫んだ声が蘇った。阿茶にも同じ経験があった。野盗に襲われた母は「何があっても必ず生きよ」と、阿茶に告げたのだった。

「……そうです。何があっても死んではなりませぬ。戦で命を失ってはならぬのです」

阿茶は常高院の手を取った。

「私たちで何としてもこの戦を止めねばなりませぬ。お力添えを」

「はい。むろんでございます」

阿茶は家康に和議のための猶予(ゆうよ)を願い出た。

「できるか」

家康は懐疑的だった。

「これより冬は本番。殊の外寒うなります。そうなれば、お味方にとっても良いことは何もありません。戦は早く終えた方がよいに決まっております」

「寒さのぅ」

家康は歳と共に寒さを嫌うようになっていた。老体に野外の陣はかなり堪える。

「はい。やってみなければわかりませぬが、とにかく和議をお考えに」

阿茶はともかく時をもらった。しかし、話はなかなか前に進まなかった。淀の方は、妹の常高院ですら、信じられぬと拒絶したからである。

すると、痺れを切らした家康が大坂城へ大筒による砲撃を開始してしまった。このとき、イギリス、オランダから買い付けた大筒の威力は凄まじく、遠く京の都にまでその砲声が届いたと言う者さえいるほどであった。

「なぜ、お待ちくださらぬのですか！」

阿茶は怒ったが、家康は和議に持ち込むにしても、少しでも有利に、機を見る必要があるという考えであった。

「見ていろ、必ずあちらから連絡が来よう」

果たして、家康の言葉は的中した。大筒の威力に恐れおののいた淀の方は、和議を受け入れると言い出したのである。

十二月十八日、阿茶は和議の使者として、再度、京極忠高の陣で常高院に会った。

ほんのわずかなうちに常高院は憔悴していた。

「こちらからの和議の条件は、城は二ノ丸三ノ丸の堀を埋め、本丸のみとすること。大野治長と織田有楽斎、彼らの息子を人質として差し出すことにございます。さすれば、豊臣方の処罰は一切しない。そうお約束いたします」

「つまりは、その条件さえ呑めば、姉上や秀頼さまの命は奪わぬと」

「はい」と阿茶は大きく頷いてみせた。そのことだけは必ずと家康に確約させた自信があった。傍らに控えていた本多正純も本当だというように頷いた。

「ありがたいこと……」

と、安堵した表情を浮かべた常高院だったが、すぐに気弱に首を振った。

「いかがなされました？」

「姉上がお信じ下さるか、それが」

心配だと常高院は弱音を吐いた。よほどこれまで大変なことがあったのだろう。

「大筒は姉上のご寝所近くに落ち、侍女が何人も亡くなったのだと聞きました。姉上はそれはそれは怯えておられて……」

「ならばこういたしましょう。私が参って、直にお話を」

「阿茶さま、それはなりませぬ」

すかさず、正純が待ったをかけた。

「危のうございます。何をされるか。行ってはなりませぬ」

正純は青ざめ、諫めるように阿茶に進言した。

「構わぬ。私は必ずこの和議なさねばならぬ。殿には私が勝手に行ってしまったとそう申せ。お前の落ち度にならぬように一筆書いておくゆえ」

「しかし……」

「私がついております。けっして阿茶さまに危害を加えるなどさせませぬ」

と、常高院が口添えした。

「聞いての通りじゃ」

と、阿茶は正純に目をやった。

「女同士、ゆるりと茶を飲んでくるだけのこと。正純、案じず、帰りを待て」

阿茶は常高院の侍女に身をやつし、密(ひそ)かに大坂城に入った。時折、武者姿の者の側を通るときには緊張したが、彼らは僧服姿の女が常高院と知ると、静かに道を譲った。

奥の間では、淀の方と秀頼が常高院を待っていた。淀の方は常高院のように髪を下ろしておらず、見事な打掛に負けぬだけの華やかさを醸し出していた。若い頃のような光輝く美しさは失われていたが、それでも十分に若々しくきりっとした眼差しの強さも健在であった。

さらに、その傍らにいる秀頼の貴公子ぶりに、阿茶は目を奪われた。堂々たる体躯に聡明そうな顔立ちをしている。そしてどこかで見たような眼差し……初めて会うはずなのに、阿茶はこの目をどこかで見たと感じていた。

「どうであった？　家康は何を言うてきた？」

もどかしいばかりの勢いで淀の方は、常高院に問いかけた。常高院が和議の条件を言うと、やはり心配した通り、「信じられぬわ」と吐いて捨てた。

「油断させておいて、我らを殺すつもりであろう。ええい、千はどこじゃ。千の首を刎ね、家康に突き返してやろう」

「母上っ！」

秀頼が初めて声を発した。けっしてならぬと淀の方を睨んでいる。しかし、淀の方は聞く耳を持たず、侍女に千姫をここに連れて来いと命じた。

「姉上、滅多なことをなさってはなりませぬ」

常高院は必死な表情で、淀の方を鎮めようとしている。阿茶はいつどのように口を挟んでよいか、見計らっていた。

そこへ、乳母の刑部卿局（ぎょうぶきょうのつぼね）と共に千姫が現れた。十一年ぶりに会う千姫は美しい姫へと成長していて、阿茶は思わず目が潤んだ。そのとき、刑部卿局が阿茶に気づいた。

「あっ」とうろたえた刑部卿局を見て、千姫より先に淀の方が、「なんじゃ」と声を上げた。

「刑部、何に驚いておる！」

「それはその……」

苛立ちを募らせる淀の方を見て、阿茶は前へとにじり寄った。

「私のことでございましょう」

「何っ……」

「お久しゅうございます。名乗りが遅くなり失礼いたしました。阿茶にございます」

続いて、常高院が慌てて紹介した。

「姉上、覚えていらっしゃいませんか？　以前、ここで北政所さまとご一緒にお会いしたことがあったかと。この度のこと、阿茶さまは色々とお骨折りを」

「それはそれは。こちらこそ、失礼を。よう参られました。秀頼にござる」

秀頼が礼儀正しく挨拶をした。

「ばばさま……」

千姫も嬉しそうな声を上げた。

「息災そうで何より。そなたの母上もひどう案じておられた」

阿茶が千姫に応じるのを見て、淀の方はきっと睨んできた。

「……なぜ、ここにおいでか」

「この和議、必ず成立させて、皆々様を救うためにございます」

「救う？　笑止な。生きて帰れると思うているのか」

「ええ、思っております」

阿茶はきっぱりと返事をした。

「けれど、先ほどのように千姫を殺すと仰せなのであれば、この私が身代わりになります。その覚悟はできております。しかし、もしそうなれば徳川は黙っておりませぬ」

「何ぃ」

「ですから、その前に、まずは生きることをお考えください」

淀の方は、その大きな瞳で、阿茶を睨んだままだ。代わって秀頼が問いかけた。

「あの条件を呑めば、母や千は助かりましょうや」

「はい、もちろん。秀頼さまのお命も、また、お味方なされた方々のお命も取ることはないと、家康に成り代わり、そうお約束いたします。それにそちらの」

「騙されてはならぬ」

淀の方が口を挟み遮った。

「そのような旨い話、あの狸親父が約束するはずがない」

「母上っ、少しお黙りください。我らを騙すためにわざわざ、危険を承知でいらっしゃいましょうか」

秀頼は淀の方の失礼を詫びるように、阿茶に頭を下げた。

「いえ、よいのです。狸……確かに。近頃、少しお太りぎみにございますからね」

と、阿茶は受け流した。

「どうか続きをお話しください」

秀頼は阿茶に話の続きを促した。

「はい。そちらのご要望も伺って、叶えられるように口添えいたします。何かお望みはございますか？」

「母上……」

秀頼は淀の方に意見を求めた。

「秀頼、お前は母にこの女を信じよと。そう言うのですか」

「ええ、むろん。和議のお使者にございますよ」

そう諭されても、まだ返事を躊躇っている淀の方に向かって、阿茶はこう話した。

「私をお信じにならなくて構いませぬ。信じられぬというお気持ちもわからなくはありませんし。ただ、一つだけ申し上げたいのは、私は戦のない世を造りたい、その一心でこれまで過ごしてまいりました。それも最初は幼き頃、母にこう言われたせいです。『生きよ、何があっても生きよ』と」

阿茶は思いのたけを込めて、淀の方と常高院、そして千姫を見つめた。常高院と千姫は呼応し、大きく頷いた。淀の方は遠い昔を思い出したように常高院に目を動かし、姉妹は見つめ合った。阿茶はさらに続けた。

「けれど、生きるだけでは駄目なのです。皆で手を取り合い、仲よう笑うていなければ。やれ徳川じゃ豊臣じゃといがみ合う世はもうたくさん。戦を好むおなごなど、この世におりましょうか。違いますか」

「姉上、我ら、共に生きる道を歩きましょう」

常高院がそう口を添えた。すると、それまで頑なに構えていた淀の方の肩の力がふっと緩んだ。

「……この城で……太閤殿下が遺されたこの城で秀頼と共に暮らせれば……それで私は。それ以上は望まぬ」

「この度は、江戸下向は条件になっておりませぬ。ご心配ないかと」

阿茶の返事に、淀の方は小さく頷いた。秀頼は、阿茶に向き直った。

「それでは私から。和議の条件については概ね呑むつもりでございますが、大野治長とも相談の上、のちほどお返事いたします。ですので、どうぞ大御所さまによろしゅうお繋ぎを」

「かしこまりました」

阿茶が微笑み頷くと、秀頼も柔らかな笑顔を見せたのだった。

「たわけがぁ！」

徳川本陣に帰り着いた阿茶を待ち受けていたのは、家康の怒号であった。傍らに控えている正純は痛そうに胃の辺りを抑えている。さぞや気を揉んだと見えた。

「すまぬな」と、阿茶は先に正純に謝った。それを見て家康はさらに怒った。

「な、何がすまぬじゃ！　お前、何を考えておる。無事に帰ったからよいものの、何かあったら、正純の切腹だけではすまんぞ！」

「……申し訳ございませなんだ。お許しを。ほれ、この通り無事に戻りました。それに、和議はなりましたぞ」

「何を自慢げに！」

「明日、必ずお返事が。ですからどうぞそれぐらいにして」

「な、何を勝手なことを！　ど、どれほど心配させれば気が済むと」

「わかりました。わかりましたゆえ、どうか、どうかもうお静まりを。お茶でもお飲みになりますか。気を静める茶をご用意いたしますゆえ」

「要らぬわ！」

と、家康は叫び、正純の顔がまた青ざめた。

これ以上とばっちりを受けては可哀そうだ。阿茶はこの場を早く去るように目配せし、正純は深々と一礼して去っていった。

二人きりになって阿茶は家康の手を取った。

「殿、嬉しゅうございます。これほどまでにご心配いただき、私は果報者にございますね」

にっこりと微笑む阿茶を見て、家康は怒るのが馬鹿馬鹿しくなったようで、フンと鼻を鳴らし、横を向いた。

「二度と勝手な真似をせぬようにする薬はないのか」

「さぁて、何を入れればよろしいでしょうね。ご一緒にお考えくださいますか」

「こやつぅ。よぉし、センブリがよかろう。苦参(くじん)も入れて、思いっきり苦うしてやる」

「まぁ、ひどい」

「……ひどいのはどっちじゃ。……生きた心地がせなんだぞ」

「はい。本当に申し訳ございませぬ」

「頼むから、もう二度と、危ないことはするなよ」

「はい」と、神妙な顔で頷いた阿茶を見て、家康はようやくほんのり笑みを浮かべた。

「……で、どうであった？」

家康は、淀の方と秀頼の様子を聞きたがった。

「淀の方は推察通りと申しましょうか。最初は頑(かたく)なで。でも、秀頼さまのお口添えもあり、話を最後まで聞いていただくことができました」

「うむ……秀頼をどう見た？」

「そうですね……」

阿茶は先ほど別れたばかりの秀頼の顔を思い浮かべようとした。

「聡明でご立派な若君かと」

「それだけか」

阿茶はこのとき、心なしか、家康の目に怯えのような翳り(かげ)を感じた。

なぜか、触れてはいけない。そんな気がしてならない——。

「……ええ、それだけでございますよ」

「そうか。うむ、わかった。疲れたであろう、ゆっくり休むがよい」

「殿もどうかごゆっくりお休みを」

家康に促され、阿茶はその場を辞した。寝所に戻ろうとすると、居待月(いまちづき)が出ていた。

少し欠けた月の光に照らされながら、阿茶は長かった一日を思った。

我ながら無謀なことをしてしまった。お怒りになるのも仕方ない——。

そう思って、月を見上げた刹那だった。阿茶ははっとなった。

——そなたが阿茶か。よう参った。

突然、安土で会った信長の顔と声がまざまざと浮かんできたからだ。そして、それは今日会った秀頼に重なった。あの目は、目の輝きは、信長に似ていた。家康の畏れはそこにあったのだ。

阿茶は今出てきたばかりの家康の御座所に目をやった。

――今、潰しておかねば、必ずや秀忠に難が及ぶ。天下はまた乱世に戻る。

そのとき阿茶は、家康がそう言っていた本当の理由がわかった気がした。

家康は和議を反故にして、秀頼の命を奪うのではないか――込み上げてくる不安に押しつぶされそうになりながら、阿茶はまんじりともせず、夜を過ごしたのだった。


この件についての阿茶の心配は杞憂に終わった。家康は和議の通り、秀頼や淀の方の命を救い、今回の件を不問に付したのだ。

ただし、条件の第一である堀の埋め立てについてはすぐさま着工にかかった。

和議の約定では、堀の埋め立てについては、外堀は徳川が、内堀からは豊臣方が行うことになっていたのだが、徳川方は曲解し、二ノ丸三ノ丸を破壊した上に、強硬に内堀まで埋め立ててしまったのである。

城は文字通り丸裸となり、大坂方の動きは全て筒抜け状態になった。これには、豊臣の家臣はもちろん、居残った浪人たちの不満も日毎に募っていった。

こうした一触即発の状態が長く続くはずがなかった。

わずか三か月後の慶長二十（一六一五）年三月、またも「大坂方に不穏の動き」と京都所司代の板倉が報じ、家康は浪人たちの放逐と秀頼の国替えを要求するに至った。当然、豊臣はそれを拒否すると見込んでの要求であった。と同時に、徳川からは畿内の諸大名に、大坂から脱出を謀った者たちがいれば捕縛するよう命が下された。

また戦が始まってしまう……。

阿茶は必死に止めようとしたが、もう淀の方へ連絡をつける手段はなかった。

「よいか、勝手は許さぬ。城から一歩も出るでない」

出陣前、家康は諭して聞かせるように阿茶に命じた。

「これが最後の戦になる。よいか、最後なのだ」

「ではせめて、せめて千姫だけでもお救いを。この通りにございます」

阿茶は家康の前にひざまずいて願った。

「……わかった。できる限りのことはするゆえ、そなたはけっして動くでないぞ」

家康はこれまでにない強い口調で阿茶を駿府に留め置き、見張りを付けた。そうして、出陣していったのである。

四月十八日、家康が二条城に、同月二十一日には秀忠が伏見城に入った。秀忠は秀忠で、江から何としても千姫を助けて欲しいとの願いを受けていた。

　豊臣方は金銀を大量に浪人衆に配り引き留めようとしたが、もはや勝ち目なしとして城を去る者が続出、兵力は七万八千ほどに減っていた。

　内堀まで埋められてしまった豊臣方に、もう籠城の選択肢はなかった。討って出て、総大将の首を上げるしか勝ち目はない。死に物狂いの豊臣方の前に、五月六日の道明寺付近、八尾、若江と戦いは熾烈を極めた。

　最終決戦の舞台となったのは大坂城の南、天王寺口と岡山口であった。このとき、豊臣方の総戦力は約五万。それに対して、徳川方は三倍の約十五万。

　もう後がないことを覚悟していた豊臣方の将たちは、全軍の士気を高めるために秀頼の出馬を請い願った。秀頼は快諾したが、淀の方は絶対駄目だと首を縦に振らなかった。

「どうしてもというなら、私は死ぬ」とまで言われ、秀頼の出馬は叶わなかった。

　五月七日、総勢赤い甲冑に身を包んだ真田軍は、最前線にあって、徳川方の伊達軍と激しい攻防を繰り広げた。伊達軍は騎馬鉄砲隊八百を含む一万の兵力。それに対し、真田軍は三千。数では到底かなわなかったが、幸村は家康の首だけを狙って正面突破を試みた。兵を正面に引き寄せ、手薄になった背後を別動隊が奇襲という作戦である。

あわやというところにまで追い詰められた家康だったが、駆けつけた越前軍によって難を逃れた。また、平野郷（ひらのごう）では爆薬を仕掛けられたが、家康はたまたま小便に行き、硝酸（しょうさん）の臭いに気づき、身を伏せて助かっている。天は家康に味方したのである。

一方の幸村は深手を負い、翌日、天王寺口安居天満宮（やすいてんまんぐう）で休息中に、越前兵に襲われ首を取られたのだった。

五月七日の夕刻、大坂城本丸は炎に包まれた。火を放ったのは、徳川軍に寝返った者の仕業（しわざ）で、これにより、城中は大混乱に陥った。

五月八日未明、淀の方と秀頼は潜んでいた山里曲輪（やまざとくるわ）の蔵に火を放ち、最後まで付き随っていた大野治長や侍女たちと共に、自害して果てた。

淀の方四十九歳、秀頼二十三歳——。

こうして、大坂冬、夏の陣を経て、豊臣家は滅亡したのである。

戦が終わったと知らせが届いても、阿茶には無念さだけが残っていた。

やはり自分の力では、淀の方も秀頼も助けることはできなかった。ただ、こうして手を合わせることしかできないのだ。

ただ、千姫が助けられたということだけが、救いであった。しかしそれも無事な顔を見るまでは信じられずにいた。そのうち、秀頼が側室に産ませた男児がわずか八歳で斬首されたと知らせが入り、余計に安否が案じられるようになった。

しばらくして、千姫が一人、大坂から送られて戻って来た。

「……よう、よう無事にお戻りなされた。千、大事ないか」

阿茶は千姫に駆け寄ったが、千姫は返事もせず、まるで生きる屍のように気力のない様子でぼんやりと阿茶を見つめるだけであった。だが、怪我一つしておらず、阿茶はその姿に涙しつつ、胸を撫でおろした。

「よう連れて戻ってくれた。さぞや疲れたであろう」

阿茶は付き添う刑部卿局にもねぎらいの言葉をかけた。

「私など、何も……」

刑部卿局は首を振り、ただただ、千姫が心配だと話した。

「あれから、何もお召し上がりになりませぬ。眠ってもおられぬご様子で」

「それはようない。さっそく精の付くものを用意させましょう。いや、その前に湯浴みをし、穢れを落とすが一番」

阿茶は早速湯殿に千姫を案内させた。そして、自ら菖蒲の根茎や葉を刻み、これを湯に入れさせた。菖蒲には芳香があり、気持ちを落ち着けるからである。それに、菖蒲の葉は剣の形に似ていて、邪を払うと考えられていた。

湯浴みが済むと、ほんの少し千姫の顔に生気が戻って来ていた。

「さ、これをお飲みなされ」

阿茶が出す薬茶を千姫は素直に飲んだ。

「何か欲しいものはないかえ？　粥を用意させているが、他に食べたいものがあれば何なりと言えばよい」

「ばばさま、ありがとう存じます」

と、千姫がようやく言葉を発した。

「すみませぬ。色々とご心配をおかけして……」

「よいのじゃ、そのようなこと。さぞや辛かったことであろう」

ぽとり、千姫の目から涙がこぼれた。慌てて拭こうとする手を、阿茶は抑えた。

「構わぬ、泣きたければ泣いて」

だが、千姫は首を振り、秀頼との別れを話し始めた。

「……本当はもう助からぬと思うておりました。城が炎に包まれ、隠れていた蔵の外にも兵たちが押し寄せてきて……けれどあの折、ばばさまが仰せになったように、秀頼さまが仰せになったのです。『そなたは生きよ、何としても生きよ』と」

阿茶は頷き、千姫の手を握り締めた。

「そうであったか。生きていてくださり、ばばは嬉しゅう思うておりますよ」

「ばばさま、お教えくだささい。秀頼さまはこうもおっしゃったのです。『泣いてはならぬ。笑うて暮らすのじゃ』と。私は、私はどうやって笑えばよいのでしょう」

そう言って泣き崩れる千姫を、阿茶はただただ抱きしめていたのだった。

六　戦のない世へ

一

大坂の陣の後、家康が行わねばならなかったのは、戦の後処理である。

家康は京に留まり、まず、諸大名をねぎらい、各々の戦功に応じた賞を与えた。と同時に、大坂方の残党の捜索を厳しく命じた。

次に、「一国一城令」を発令した。これは主として西国諸大名に対し、居城のみを残し、それ以外の城を全て壊すよう命じたもので、諸大名の軍事力削減を狙ったものであった。

さらに、「武家諸法度（ぶけしょはっと）」全十三か条と「禁中並公家諸法度（きんちゅうならびにくげしょはっと）」全十七条を発布した。いずれも徳川幕府としての基準を示したもので、金地院崇伝が起草した。

「武家諸法度」の第一条には、武士たるもの文武両道に励むべしとあり、以下、禁止事項として、法度に違反したものを匿（かくま）うこと、無断で居城を修復したり新造すること、徒党を組んだり、幕府の承認なしに婚姻を結ぶことなどが並んだ。さらには参勤の作法や着衣、輿の使用についてなど細かく制定された。

また、「禁中並公家諸法度」は、天子は学問が第一から始まり、公家の席次、官職の任免、改元についてなど、様々なことが定められた。また、各宗の僧侶を統制する目的で「寺院法度」も順次発布された。

これらは、徳川幕府の公儀（公の権力）を確立する目的があった。

そしてもう一つ、「慶長」から「元和」へ改元が行われた。

「元和」とは、唐朝第十一代皇帝で中興の英主と謳われた憲宗の時代にあやかったもので、家康の意向で決まったものであった。

元和元（一六一五）年八月、全ての後処理を終えた家康がようやく駿府に戻って来た。

「お疲れ様にございました」

出迎えた阿茶に、家康は「ああ、疲れた」と微笑んで応じた。

やはり年には勝てない様子で、身体のあちこちが痛むという。それにしばらくぶりに見る家康の顔には皺が増えたように感じる。

「そう仰せかと思い、色々と用意しておりました」

阿茶は家康の好物の茄子や赤味噌をふんだんに使った料理や、鍼灸などあれこれ、養生を勧めた。

「肩の張りも強うございますな。他に痛むところは？」

「いや、さほどのことは。やはり、ここに帰ってくると落ち着くせいか、夜もよう眠れる」

「それはようございました」

家康は阿茶を誘って、庭に出るのを好んだ。

「おお、ここから見る富士はやはりよいのう」

「ええ。今日はひときわ美しゅう見えますな」

二人の前にはくっきりと青く富士の山がそびえ立っていた。

「のう、元和とは、よい元号であろう。ようやくここからは戦のない世が始まる。その願いを込めた。元より和するじゃ」

家康は褒めてもらいたくて仕方がないという顔をしている。

「はい。まことに、ようやくここまで来ましたな」

阿茶は家康とこうして微笑み合える幸せを噛み締めていた。

しかし、何もかもが穏やかというわけではなかった。

この頃、家康は六男の松平忠輝に対して、今後一切会わないと言い渡している。

理由は大坂夏の陣の進軍中に、忠輝が自分の軍列を追い越したとして、秀忠直属の旗本を斬り殺したこと、そして、戦勝を朝廷に奏上する際、共に参内を命じたのに、欠席したこと、さらに許可を得ず、勝手に帰国したことなどであった。

「もちろんやったことは悪うございますが、もう二度と会わぬとは少し大げさではございませぬか？　忠輝どのはまだ二十四歳、まだまだこれからではありませぬか」

阿茶は、忠輝の母・茶阿の方（於久）から、とりなしを頼まれていた。茶阿の方が産んだ二人の男子のうち忠輝の弟は夭逝（ようせい）しており、今また忠輝が罰を受け、茶阿の方の嘆きは大きかったのだ。だが、家康は「これでよいのだ」と冷たかった。

「こうでもしておかぬと、何があるかわからぬ」

「それはどういう……」

何が懸念だというのか。尋ねた阿茶に対して、家康は寂しそうにこう呟いた。

「あいつが悪いのではない。独眼竜が油断ならぬのよ」

独眼竜とは、仙台の伊達政宗のことである。忠輝は政宗の長女を正室にしていた。天下統一がなされた今、家康がもっとも警戒しているのは伊達政宗であった。出羽・陸奥二つの国を治める大名であり、あと少し生まれるのが早ければ、天下取りに名乗りを上げていたはずで、家康にとって厄介な男であった。そう思って、縁組をして味方に引き込んだわけだが、この時点で周りを見渡すと、秀忠の行く末を阻む者がいるとしたら、忠輝とその舅の政宗しかいない。家康はそれを案じていたのである。

天下はまだ定まりきったわけではない。今ここで騒動が起きる可能性があるとしたら、その芽は摘んでおいた方がよい——そう言われてしまえば、阿茶はこれ以上、口を挟むことはできなかった。

しかし、お家騒動の芽はこれだけではなかった。

九月に入ってしばらくした頃、江戸から竹千代の乳母・於福が突然やってきた。

「大御所さまにお目通りを！」

於福があまりに悲壮な面持ちなのを見て、家康と一緒に面談に応じた阿茶は何が起きたのかと心配になった。

「於福、いきなり参るとは、いったい何事です？」

「無礼は重々承知でございます。ですが、どうしても大御所さまに是非とも聞いていただきたい儀があり、参上仕りました」

家康はよかろうと言うように頷いた。それを見て、阿茶は言上を許可した。

「はい。ありがとう存じます。申し上げたきはお世継ぎ様のことにございます」

「お世継ぎ？　竹千代がどうかしたのですか」

「あぁ、なんとありがたいこと。世継ぎですぐに竹千代さまとお名が……福はそれだけでもう」

於福は涙ぐむ勢いである。何がどうなっているのか、さっぱりわからない。家康はあきれ気味に口を挟んだ。

「えぇい、要領を得ぬ。きちんと順序立てて話さぬか」

「申し訳ございませぬ、つい取り乱し失礼を。実は……」

於福の言い分はこうであった。竹千代さまを差し置いて、世継ぎは弟の国千代さまだと言ってはばからない者たちがいる。それもこれも御台(みだい)さま（江）が国千代さまを溺愛されるためで、竹千代さまは益々偏屈になり、さらに溝が深まっている。

「しかし、於福どの、御台さまにとって、竹千代君も国千代君も同じくお腹を痛めた我が子、可愛いのは同じでしょうに」

阿茶の問いに、於福は「さにあらず」と首を振った。

「竹千代さまは私がお乳を差し上げましたが、国千代さまは御台さまがご自身でお育てになられました。竹千代さまが偏屈をなさるのも、母上さまや父上さまに相手にしてもらいたいがゆえのことと。……先日も、竹千代さまは将軍さまに盾突かれ、お怒りをこうむりました」

「竹千代は、何をしたのじゃ」

「大坂での勝利を祝う席になど出たくはない。伯母上や従兄弟が死んだことを喜べというのかと、そう……。申し訳ございませぬ。そのようにお育てしてしまったのは、全て私の落ち度にて」

於福は平伏し、許しを請うた。

「な、なんじゃと」

家康は一瞬、あっけにとられた顔になったが、すぐに愉快そうに笑い始めた。

「えらく、はっきり物を言う子に育ったものよ。秀忠の子とは思えぬな。ハハハ」

「殿……」

笑っている場合ではないと阿茶はいなした。しかし、その一方で、竹千代が間違っているわけでもないと思ってもいた。

「私には、竹千代君は、心優しいお子に育ったように思えます」

「ありがとう存じます。そう言っていただき、私は……」

と、於福はまた涙ぐんだ。

「しかし、このことで、諸侯の間に、竹千代さま廃嫡などと噂が」

「廃嫡だと！」

ありえないと家康は目を剝いた。

「まことであろうな。偽りあれば放逐だけではすまぬぞ」

「天地神明にかけて。ただ、ちゃんとお育てできずにいるのは私の落ち度。このこと、深くお詫び申し上げまする。お怒り解けねば、いつでもこの首、差し出す覚悟」

於福は家康を臆することなく真っ直ぐに見つめてそう答えた。彼女は乳母に上がるにあたって夫と離縁していた。外見はおっとりしているように見えて、やると決めると、こうして乗り込んでくるほど気性は激しく、肝が据わっていた。

「竹千代は……確か十二であったかな。国千代はいくつになった？」

「はい。国千代さまは二つ下の十歳でございます」

「あい、わかった。この件は預かった」

と、家康が答え、於福は何度も頭を下げて礼を述べた。

「どうぞ、どうぞよろしゅうお願い申し上げます。私はこれにて失礼を」

於福は江戸にすぐさま取って返すという。留守にすると竹千代が心配らしい。慌てて帰っていく姿を見送りながら、阿茶は家康に尋ねた。

「どうなさるおつもりで？」

「江戸に行ってみるしかあるまい。一緒に来るか？　久しぶりに町も見たいであろう」

「はい。そういたしましょう」

於福側の話だけでは真実は掴めない。

阿茶は家康と共に江戸城へ向かったのだった。


この当時、江戸の人口は既に十五万に達していた。駿府から東海道を東に、江戸の手前、品川宿からかなりの賑わいぶりを感じるようになった。さらに城へ近づくにつれ、町並みも美しく整ってきており、五街道の起点である日本橋（にほんばし）を中心にした大通りには大店が競うように建ち並んでいるのが、輿の中からもよくわかった。

「なんと見事な町になっていること……」

何もない湿地から、ここまで立派に町が広がりを見せていることに、阿茶は感慨ひとしおであった。

家康も同じ思いなのか、城に入るまで終始機嫌が良かった。

家康は江戸城に入ると、すぐに服部半蔵を呼んだ。

「頼んでいたこと、どうであった？」

家康は半蔵に江戸城内での様子を調べさせていた。

「近頃、諸侯の間では御台様参りと称するご機嫌伺いが流行っております。つまりは、国千代君へのご挨拶ということで」

「そんなことが大っぴらに」

と、思わず、阿茶は尋ねた。

「以前はさほどではございませんでしたが、今は先を争うように贈り物をする者も」

「福が申したことに間違いはないということか」

家康はやれやれと渋い顔になった。

半蔵を下がらせたのち、家康は広間に主だった者を集めさせた。

「突然のお越し、何かございましたか」

秀忠が問いかけた。秀忠のすぐ後ろには、竹千代と国千代が並び、さらには江と於福も控えていた。心配そうな顔をしている於福に向かって、阿茶は微笑み、軽く頷いてみせた。

「うむ。ちと、この辺りで鷹狩をしとうなってな。それに言い渡したいことがある」

と、家康は竹千代に目をやった。

「竹千代も元服してよい歳じゃ。徳川の嫡男として立派な名を与えようと思う。我が名を取り家光としたい。家が光り輝くという意味じゃ。よい名であろう」

はっと江の口が動きかけたが、家康はじろりと睨み、それを制した。

「これより代々、徳川は長男が継ぐこと、これを規範とせよ。さすれば、徳川は盤石となろう。次の将軍を継ぐのは竹千代ぞ。秀忠、よいな」

「は、ははぁ」

秀忠は畏まりましたと頭を下げた。

「竹千代もよいな。兄弟は仲ようあるべきで、争いの種になってはならぬ。国千代、そなたは兄を立て、よき臣下となれ。者ども、よう心して仕えよ」

家康は竹千代、国千代、さらに後方の老中たちにも、じろりと目をやった。

「畏まりました」

「仰せの通りに」

竹千代も国千代もしっかりと返事をし、老中たちもみな平伏した。

「うむ。二人とも良き面構えじゃ。これでこの爺も何も案ずることがなくなったわい。

ハハハ、うむ。これでよい」

一同を前に、声を上げて笑う家康に対して、誰も異議を唱える者はいない。秀忠も江も家康にここまで言われるとは思っていなかったろうが、ともかく表面上は落ち着いた顔で微笑んでいる。於福はそっと涙を拭っている。

竹千代は感激した表情であり、国千代は邪気のない顔で兄を見つめている。それを見て、阿茶もようやく安堵の笑みを浮かべることができたのであった。

二

関東での鷹狩を済ませ、家康が駿府に戻ったのはその年の暮れのことであった。

元和二（一六一六）年が明け、七十五歳になった家康は、見た目は元気であった。

ただ少し、身体の動きが鈍くなってきたのと、服薬する量が増えてはいた。

だが、阿茶が脈を診ようとすると「大丈夫だ」と強がりを言うし、他の医師も寄せ付けない。それに薬は自分で作ると言ってきかなかった。

特に最近は丸薬づくりに凝(こ)っていて、暇さえあれば薬棚の前に座り込んでいる。気に入った生薬を細かく刻み、乳鉢ですり潰し、蜂蜜を使って固めておく。こうしておけば、鷹狩の最中でも服用できると言って、暇さえあれば作っている。

「よし、これでできた。どうじゃ、上手いもんであろう」

綺麗に黒光りした丸薬を見て家康は自慢げだ。

「阿茶、頼む」

「これも八でよろしいですね」

出来上がったものは、阿茶が薬棚にしまう。一番のお気に入りは上から八番目の引き出しにしまうと決まっていた。

「五月には竹千代の元服があるしな。京に行くにはもう少し作っておいた方がよいかのぉ。天海も欲しがっておったし」

「今日はこれぐらいになさいませ。明日は鷹狩でございましょう？」

阿茶が止めなければ、いつまでもやっている。

「お歳をお考えください。ご無理はいけませせぬよ」

「わかった、わかった」

若い頃に比べて、身体は丸くなり、髭(ひげ)も髪も白くなったが、こうして他愛無い会話をしつつ暮らせることが、阿茶にとっては何より大切なことであった。

一月二十一日、その日も家康は機嫌よく鷹狩に向かった。この日は十男で十五歳になる頼宣（のちの紀伊徳川家始祖）と、十一男で十四歳の頼房（のちの水戸徳川家始祖）がお供をしていた。孫のような年の子らの前で、家康は張り切って鷹狩を楽しんだのだ。

「よいか、その方らは義直と共に、御三家として将軍家を盛り立てるのだぞ」

九男で十七歳の義直は既に尾張にあり、政務に携わっていた。

「はい」

素直に返事をしてくれる子たちに囲まれ、家康は幸せだったに違いない。

しかし、その夜遅く、にわかに痰が詰まって息ができないと大騒ぎになった。

知らせを受けた阿茶は、気が気ではなかったが、しばらくして家康は平気な顔で戻って来た。

「いやいや、まいった、まいった。京で流行りの天ぷらなる揚げ物を食べたら、これが美味でな、ついつい食べ過ぎたわ」

と、家康は笑ったが、阿茶にはどうもそれだけが原因とは思えなかった。元気なふりはしているが、食が進まない。すぐに「もう満腹だ」と箸を置くのである。

「それよりも八の字だ。あれをくれ」

丸薬だけは欠かさないが、不安は募った。

二月に入り、病状は悪化の一途をたどった。寝たり起きたりを繰り返し、次第に起き上がるのも辛そうになり、薬湯しか口にできなくなってきた。ふっくらとしていた頰が削げたように痩せてきた。江戸から心配して駆けつけた秀忠は駿府に留まり、譜代の大名や朝廷からも病気見舞いの使者や書状が相次いで届いた。

「みな、大げさじゃ……」

家康は時にそう言って笑ったが、その笑い声も弱々しいものになっていた。それでも書状には全て目を通し、紙と筆を用意させては色々と書き置きをしていた。

三月も終わりに近づくと、家康は床からほとんど起き上がらなくなっていた。

「今日は気分がよい。着替えがしたい」

家康は甘えたようにそう言って、阿茶に身体を預けた。

阿茶は香りのよい沈丁花を摘んでくると、それを湯に浸した。

香りのよいものは気を巡らせてくれる。少しでも元気を取り戻してもらいたかったからだ。阿茶はその湯で家康の身体を丁寧に拭いた。背中は薄くなり、腹水が溜まっているのか、腹だけが出ている。泣かないように堪えながら、阿茶は問いかけた。

「……かゆいところはございませぬか」

「いや、ない。気持ちがよい」

着替えを済ませた後は、家康は髪も梳いて欲しいと願った。

「のう、阿茶、髪も整えてくれぬか」

阿茶は背後にまわり、櫛で髪をとかし始めた。家康の首も背も痩せてきていて、髪も悲しいほどに細く頼りなく、薄くなっていた。

お別れが近づいている——そう思わずにはいられない。

「のう、頼みがあるのじゃ」

「何でございましょう。精力剤でもお望みですか」

阿茶は精いっぱい明るい声を出した。

「それはもう、無理じゃて」

「では何でございましょう」

「亡くなった後のことじゃ」

さらりと言われて、阿茶は一瞬、手が止まった。

「あと一つ、やり残したことがある。それをそなたに託したい」

「……何でございましょう」

「和姫のことじゃ。あれの入内を必ず成して欲しい。それが済むまでは髪を下ろしてはならぬ。よいな」

家康が入内を言い出したのは、慶長十二（一六〇七）年、和姫が生まれたときにさかのぼる。あれから、九年の月日が流れていた。

和姫を後水尾天皇の后とし、「公武之和」を図る。そうしてこそ徳川の代が末永く続くのだと家康は言うのである。

「徳川の代だけではない。戦のない世が続くためじゃ。のう、頼んだぞ」

「……必ず、必ず成し遂げまする」

阿茶は、家康の目を見て、しっかりと約束したのであった。

四月二日、家康は本多正純、天海、金地院崇伝を枕元に呼ぶと、次のことを遺言として告げた。

一、遺体は駿河久能（くのう）山に納棺すること。

二、葬儀は江戸の増上寺（ぞうじょうじ）にて執り行うこと。

三、位牌は三河大樹寺（だいじゅじ）に祀ること。

四、一周忌の後、日光に堂を建て勧請（かんじょう）（分霊）のこと。関八州の鎮守となろう。

家康は自らの死期を悟っていた。

しばらくして、家康は再び阿茶を呼んだ。

「紙と筆を用意してくれぬか」

「はい」

阿茶が紙と筆、墨を用意すると、家康は起き上がって書こうとした。が、震える手がもどかしいらしく、「書き留めてくれ」と願った。

「よいか、言うぞ。……先にゆくあとに残るも同じこと、連れていけぬを別れぞと思ふ」

それは、けっして後追いはしてはならぬと命ずる辞世の句であった。

「殿……」

阿茶は堪えきれず、ぽとりと涙を紙に落としてしまった。

「別れ」の文字が滲み、慌てて阿茶は涙を拭った。

「ああ、もう一つこれもだ」

と、家康は別の辞世が浮かんだと書くように命じた。

「……嬉しやとふたたび覚めてひとねむり、浮世の夢は暁の空……。どうだ、書けたか。見せてくれ」

「……はい」

阿茶は書いたばかりの句を広げて、家康に見せた。

「うむ……良い句だ」

この世で見た夢は夜明けの空。つまり、また日は昇って来る。悲しむなと言われているようであった。

「はい。良い句にございます」

阿茶は微笑んでみせた。

「瑠璃（るり）……」

家康は久しぶりに、阿茶をそう呼んだ。

「はい。何でございましょう？」

家康は阿茶の目を愛おしげに見つめ、こう告げたのだった。

「……側（そば）にいてくれて嬉しかった。……ゆっくりと、おいで」


こうして、元和二（一六一六）年四月十七日巳の刻、家康は戦国時代には珍しく七十五歳という長寿をもって、その生涯を閉じた。

遺言通り、遺体はその夜のうちに久能山の霊廟（れいびょう）に移された。

神号は当初、大明神とするという話もあったが、豊臣秀吉が豊国大明神であり、これは縁起が悪いという天海の主張により、「東照大権現（とうしょうだいごんげん）」と定まった。

翌元和三（一六一七）年三月には、日光に東照社の造営がなり、勧請供養が盛大に執り行われた。生前の希望通りに、家康は関八州の守り神となったのであった。

三

涙は止めどなくこぼれたが、不思議なことに阿茶が悲しみに沈むことはなかった。朝焼けの空を見上げる度に、家康が側にいてくれると思えたし、それに何より、やり遂げねばならない約束があったからである。

江戸、増上寺にて葬儀が行われると、阿茶はそのまま江戸城に留まり、和姫の母親代わりとして養育にあたることになった。和姫には既に星合（ほしあい）氏の娘（のちの肥後局）が傅役（もりやく）としてついており、彼女と共に入内を目指すことになったのである。

「どうぞよろしゅうお願い申し上げます」

挨拶に来た和姫は、このとき十歳。母の江に似た美しい顔立ちの姫で、行儀作法は申し分ない。

「義母上さま、ひとつお尋ねしてよろしゅうございますか」

「何なりと」

和姫は少し恥ずかしそうにしながら、こう尋ねた。

「帝は……帝は和を気に入ってくださりましょうか」

「ええ、もちろんでございますよ。姫ほど愛らしい姫はそうはおりませぬ」

阿茶の返事に、和姫は嬉しそうな笑顔を見せた。色白の顔にほんのりと紅をさしたようで、本当に花のように愛らしい。今の天皇、後水尾天皇はこのとき二十一歳。和姫とは似合いの年頃であると、阿茶には思えた。

「姫、ご心配になることはありませぬ。帝の御生母・中和門院さまの父君・近衛卿は大御所さまとも仲がようて、共に鷹狩もなさったことがおありです。されば、中和門院さまは、きっと姫のお味方をしてくださるはず。それに京はとても良いところ。雅な場所にて、姫は何一つご不自由なくお暮らしになられましょう」

中和門院の父・近衛前久は、関白太政大臣まで務めた人物であったが、本能寺の変の後、秀吉から、明智光秀と通じていたのではないかと疑いをかけられ、家康を頼って浜松に下向していたときがあった。その娘である中和門院は、先帝との間にご男七女をもうけ、寵愛されていて、宮中でも大きな力を誇っていた。これらのことから、阿茶は入内後の和姫の後ろ盾になってくれるのは中和門院しかいないと考えていた。

「本当はいつまでも手元に置いておきたいが……」

一番末の子ということもあり、秀忠は和姫をたいそう可愛がっていた。しかし、入内については家康の悲願ということもあり、積極的に推し進めなければならない。

秀忠は公家の中でもっとも幕府よりであった広橋兼勝を武家伝奏役とし、入内の働きかけを行い、ようやく内定をもらったのである。

「大御所さまの喪が明けてのち、入内ということで、話がまとまるかと」

「それはようございました」

秀忠と阿茶はそう会話を交わした。

しかし、翌年八月には先の帝・後陽成上皇が崩御され、入内は再び延期となった。

そうこうしているうちに、芳しくない話が、京都所司代からもたらされた。

後水尾天皇には寵愛する女官がいて、彼女には男子（賀茂宮親王）も産まれているというのである。女官の名は与津子。父は正二位権大納言四辻公遠で、お与津御寮人と呼ばれていて、しかも次の子も懐妊中であった。

これを知った秀忠は激怒した。それも尋常ではない怒りようであった。

「……されど、側女がいても致し方ありますまい。確かに親王がおいで遊ばすというのはちと考えものですが、何もその皇子が帝を継ぐと決まっているわけでなし。和姫の入内に何も障りはありますまい。帝がお健やかな証と思えばよろしいのでは？」

阿茶は事を荒立てることはないのではと忠告したが、秀忠は頑なに首を振った。

「いや、このまま捨て置くわけには参りませぬ。和姫第一に思うてもらわねば、徳川の威信に関わります」

「しかし、ではどうなさるおつもりで？」

「処分するしかありますまい」

「処分？　いかに処分なさるというのです」

「それを今、考えております。しばらく黙って見ていてくだされ」

秀忠は、常になく厳しい顔で、阿茶に黙っていろと命じたのである。


なぜにそこまで頑なに怒っているのか――。

考えていた阿茶は一つのことに気づいてはっとなった。

多くの側室がいた家康に比べて、秀忠は一人も側室を持っていない。ただ一人、静という侍女に男児（保科正之）を産ませたことはあったが、それも江の勘気を恐れ、すぐに養子にやり、静も下がらせた。

また、江との間には、長女・千姫、末女・和姫の他、前田利常に嫁いだ珠姫、松平忠直に嫁いだ勝姫、京極忠高に嫁いだ初姫がいるが、どの婿も正室である徳川から来た姫との間に子はなしても他に子ができたと聞いたことがない。

　無言の圧力があるのか、舅である秀忠を慮(おもんぱか)っているのか、よくはわからないが、側室すら持っているか定かではなかった。

　この時代、嫡子がいなければ家の存続は危ういわけで、殿と呼ばれる身で、側室を持たないというのはかなり異常なことである。にも拘わらず、秀忠に合わせるように、どの殿も正室第一に暮らしているということであった。

　徳川の姫を貰うということは、そういうことだ――あの怒り具合をみる限り、秀忠がそう思っていることだけは間違いなさそうだ。

　しかし、それにしても、それを宮中にも持ち込もうとしているのだろうか――。


　ともあれ、秀忠はこれらのことは朝廷の風紀の乱れであるとし、武家伝奏役の広橋と共に追求した。そして「禁中並公家諸法度」の中にあった条項「関白や武家伝奏の指示に従わない公家はこれを流罪とす」を行使することにした。

　後世、「お与津御寮人事件」もしくは「万里小路(までのこうじ)事件」と呼ばれるようになるこの騒動は、与津子の内裏追放、万里小路権大納言他二名の流罪、帝の側近三名の出仕停止という結果を引き起こしたのである。

当事者であった後水尾天皇は憤り、退位をほのめかした。

「与津子はどこへもやらぬ。徳川の姫こそ要らぬ。さもなくば退くのみ」

しかし、このとき使者に立った藤堂高虎（とうどうたかとら）は相手が帝であっても怯（ひる）むことなく声を荒らげた。

「ならば、拙者、将軍家に申し訳立ちませぬゆえ、この腹掻（か）っ捌（さば）きお詫びせねばなりませぬ。今、ここでお庭拝借仕る。……いや、その前に畏れながら、この場の方々と刺し違い、帝の御命、頂戴してもよろしいか」

藤堂高虎は外様でありながら、家康や秀忠から信頼篤い人物で、江戸城築城も任される城づくりの名手であった。

そして、十五歳の頃、浅井長政の家臣として初陣したのを始まりに、豊臣秀長、秀吉、秀頼、さらには関ケ原からは徳川に与し、家康と共に歴戦を重ねて来た猛者でもあった。かつては朝鮮の役にも出陣しており、その武功は鳴り響いていた。

高虎は還暦を過ぎた今なお、堂々たる体躯を誇っていて、彼に眼光鋭く睨みつけられて、公家たちは恐れおののいた。

「な、な、なんと無礼な」

「きゅ、宮中を血で穢(けが)す、おつもりか……」

悲鳴を上げる者すら出る始末であった。

「おっと、これは口が過ぎました。いや、それぐらいの覚悟でここにおるということにございまするよ、ハハハ」

高虎の顔は笑っていたが、目は笑っていない。

後水尾天皇も、これには折れるしかなかった。

与津子は内裏追放の上、出家することになり、親王加茂宮と生まれたばかりの皇女を生かす代わりに和姫の入内が正式に決まったのだった。

元和六（一六二〇）年五月四日、和姫は名を和子と改め、従三位女御に定められた。そして翌六月十八日入内と決まった。

入内当日、二条城にて儀典が執り行われ、そこから御所へと行列が仕立てられた。壮麗な行列の中央には和子が乗る二頭立ての牛車(ぎっしゃ)があり、多くの家臣、引出物が続いた。その行列は先頭が御所に入っても最後尾は二条城を出ていないほどに長いもので、見物する人々の度肝を抜いたといわれている。また、入内にあたって、帝には夏冬の装束百着と銀千枚（一万両に相当）、生母の中和門院には衣装五十着と銀五百枚が献じられ、女官たちにも銀二百枚が配られた。

こうした和子の入内により、徳川の権威は天下に知らしめられたのであった。

このとき、傅役の肥後局は朝廷に残って終生和子の世話にあたることになった。

阿茶は母親代わりとして参内し、帝より従一位に任じられた。武家の中では最高位の位を授けられたわけである。

「色々とお骨折りありがとうございました。これからは一位さまとお呼びせねばなりませぬな」

秀忠は入内を成功させ戻って来た阿茶をねぎらい、昇叙を祝った。

「当然のことをしたまでのこと。名など今まで通りで構いませぬ」

「いや、そうはいきませぬ。北ノ丸に御殿を用意いたしました。一位さまは、どうぞそちらにてごゆっくりとお過ごしのほどを」

「ありがたき幸せ。そういたしましょう。しかし、その前に将軍家に聞いていただきたいことがございます」

「何でございましょう」

「恩赦をしていただきたいのです」

阿茶は、お与津御寮人事件のときに処分された者の赦免・復職を願い出た。

「しかし……」

「考えてもご覧なされ。恨み多き人の中にいるよりも赦されてありがたく思う人の中にいる方が、女御さまも心安らかに過ごせるというもの。違いますか」

「……なるほど、わかり申した。そのように帝に言上いたしましょう。けれど、お与津のことは……」

と、秀忠は渋い顔になった。与津子は既に髪を下ろし、出家していた。

「ええ、わかっております。でも、子に罪はない。どうか皇子たちが健やかに機嫌よう暮らせるようにご配慮を願わしゅう」

「では、そのように」

お与津御寮人事件で処罰された六人の公家たちはその後恩赦された。しかし、与津子が産んだ二人の子のうち、親王加茂宮はそれから二年後夭逝した。皇女は八十近くまで長生きをしたのだった。

幸いなことに、和子は元和九（一六二三）年には懐妊し、十一月十九日内親王が誕生した。興子と名付けられたこの女一宮は、のちに女帝・明正天皇となる。

子を産み、和子は勅命により、中宮となった。

またそれと前後して、元和九年七月二十七日、秀忠の嫡男家光が征夷大将軍の宣下を受けた。江戸幕府三代将軍の誕生である。

家光は二十歳で江戸城の主となったわけだが、秀忠は大御所として家光を補佐することとし、隠居所の西ノ丸から政のほとんどを指示した。

この頃になると、江戸城の中もかなり定まってきており、政や儀式を執り行う表向き、将軍が執務を取ったり生活をしたりする中奥、女たちが暮らす大奥と場所分けもきちんとなされ、大奥へは、特別な普請などを除き、将軍以外の男子が入るのを禁ずるようにもなっていた。

同じ年の八月、家光の御台所が決まった。

五摂家の一つ、鷹司家の孝子（たかこ）である。孝子は家光の二つ年上の二十二歳。兄は現関白で、父も関白をしていた。

同年十二月に輿入れとなり、寛永（かんえい）と改元された翌年には祝言が執り行われ、孝子は大奥に入ったのであった。

家光の祝言を見届けた阿茶は感慨無量であった。

徳川家から朝廷への輿入れのみならず、朝廷からも徳川家への輿入れが相成り、家康が目指した「公武之和」は見事に実ったと言えたからであった。

「殿、これにて私の役目は終わりにございますな。お褒めくださいますか」

江戸城内の紅葉山には、家康の霊廟（れいびょう）である東照宮があった。

そこに参って、家康と話すのが阿茶の日課になっていた。

「元和から寛永と時代は変わってしまいましたが、ちまたでは、元和の時代を『元和偃武（げんなえんぶ）』と呼ぶそうにございますよ」

偃武とは、武器を納めて用いないことを示す。つまり、戦がない世になったという意味である。

「ようございましたね」

江戸も高台に登れば、富士の山がよく見えた。駿府側から見るときとは少し趣が異なるが、夕陽に映える富士の山もそれはそれは美しい。

「そうか、よかった」

家康がそう言って微笑んでいるようで、阿茶は赤く染まる富士の山を飽かず眺めていた。

この年の九月、秀吉の正室として豊臣を支え続けた高台院が静かに息を引き取った。幕府の中では諸大名の改易が進み、参勤交代、鎖国制度など、統制は厳しくなっていった。しかしこの後、大きな合戦と呼ぶものはなくなる。唯一の例外は、寛永十四（一六三七）年に始まる島原の乱であるが、幕末までの二百年以上の間、天下は平穏に保たれていくのである。

四

寛永三（一六二六）年九月、秀忠の御台所、江が五十四歳でこの世を去った。

その頃から、家光の弟で駿河藩主であった忠長（ただなが）の奇行が目立つようになった。母というこの上ない後ろ盾を失い、気が動転したものと思われたが、その後も改善はみられず、寛永八（一六三一）年、秀忠の命で、甲斐に蟄居（ちつきょ）させられた。

阿茶は心配をしていた。「兄弟仲よく、徳川家を盛り立てよ」というのが、家康の遺言でもあったからだ。それは秀忠にとっても同じだったらしく、心労がかさんだ秀忠は、翌寛永九（一六三二）年一月に息を引き取ってしまったのである。

だが、事はこれで収まらず、忠長は兄家光により改易され、さらには自害に追い込まれた。

阿茶にはもうそれらを止める気力はなかった。

「これ以上、現世でのごたごたを見たくはない」

阿茶は髪を下ろし、尼となり、江戸城内の御殿を辞した。そうして、自らの発願により建てた雲光院（うんこういん）の側の小さな庵に移った。

歳はもう既に八十を超えていた。昔のように草花を愛でながら、静かに余生を過ごしたいと願ったからである。


阿茶は庵の一角に小さな薬草園を作った。

牡丹、芍薬、枸杞（くこ）、ナツメ……かつて世話をしていた薬草園に比べればささやかなものだが、それでも今の阿茶には十分であった。

「阿茶さま……大変ご無沙汰しております」

ある日庵に、大変珍しい客人が現れた。

白髪交じりだが、明るく元気な声の老女だ。一瞬、誰かわからなかったが、目元に見覚えがあった。さらに彼女と一緒にいる少女の顔を見た瞬間、遠い記憶が蘇った。

「なんと、茜ではないか！」

「はい。茜にございます。覚えていてくださり嬉しゅうございます」

それはかつて仕えてくれていた侍女であった。若き日、共に堺見物にも出かけ、伊賀越えもした。阿茶が流産したときには自分のことのように嘆き悲しんでくれた。

天正十五（一五八七）年、浜松から駿府へ城替えして間もなく、茜は嫁に行き、その後、文のやり取りは交わしていたものの、かれこれ五十年近く会うことがなかった。

「阿茶さまはお変わりがなく、すぐにわかりました」

「いやいや、皺も増え、このように白髪の婆じゃ。今は雲光院と名乗っているのだよ」

「ああ、そうでございました。失礼を」

「いや、よいのだ。お前は昔のように阿茶と呼んでおくれ。で、どうしてこちらに？」

「はい。その前にこの子を」

と、茜は後ろに控えていた少女に目をやった。

「私の孫娘でして……るりにございます」

「るり？」

「はい。畏れながら、阿茶さまの昔のお名を付けさせていただきました。少しでもあやかりとうて」

と、茜が答えた。

「るりと申します。ばばさまからは、かねがねお噂を。こうしてお目にかかることができ、光栄に存じます」

るりと名乗った子は、利発そうにそう挨拶をした。

「まぁ、そのような……。しっかりした子じゃな」

「躾（しつけ）だけはしっかりといたしております。実は私もひとりになりまして、髪を下ろしたいと思い、あれこれ思案しておりましたが、雲光院さままでお世話になることができればと。もちろん、私でできることがございましたら、何なりといたします。阿茶さまのお身の周りのお世話ができれば、嬉しゅうございます。それと、この子は下働きにお使いくだされればと連れてきた次第でして」

「まぁまぁ、ともかく中へ。積もる話を聞かせておくれ」

それから、茜とるりは共に庵で暮らすようになった。

茜は髪を下ろし、阿茶の身の周りの世話というよりは話し相手として側で支えてくれるようになった。るりはかつての茜がそうだったように、よく気の利く娘で、庭の手入れから細々とした家事もやってくれるのであった。

阿茶は庭の草花の手入れをしたり、茜とともに薬を調合したりして毎日を過ごした。

「これは、どちらにしまうのでございますか？」

「うむ、それは三番目。違う違う、そこは八番じゃ」

「けれど、ここにも同じような丸薬が入っておりますよ」

「それはな、私の宝じゃ」

薬棚の八番目の引き出しには、かつて家康が作った丸薬の残りが大事に保管されてあった。

庭先で何やら楽しそうな声が聞こえてきた。

「誰ぞ来ておるのか」

「ええ、今日は大工が来ておるようでございます」

茜の返事通り、阿茶が目を向けると、庭先には背の高い若者が二人いて、るりが彼らにお茶を給仕しようとしていた。

何がおかしいのか、るりと三人、楽しそうに笑い声を上げている。

阿茶は気づかれないように、そっと彼らの様子を覗（のぞ）き見た。

遠い記憶が蘇る。

――い、痛い、やめろって。

――やめろ、瑠璃。

初めて、家康に出会った日のことが、鮮明に頭に浮かんできた。

あのとき、私は棒を持って、殿を追いかけた。半蔵さまがそれを取り上げ、まだ若君と呼ばれていた殿は、それはそれは怖い顔で怒っていらした――。

「半蔵さま……若君さま」

阿茶の顔に笑みが浮かんだ。

何と楽しい日々であったことか――。

手を伸ばせば、すぐそこに、あの日の二人が立っているようだ。

「瑠璃……若君はお待ちかねだぞ」

半蔵がそう言っている。

いつの間にか二人は馬に乗っていて、阿茶の支度が遅いと文句を言っている。

「瑠璃、早う、せぬか」

「ゆっくりでよいと仰せだったではありませぬか」

「そうであったかな……」

家康はとぼけてみせた。それを見て半蔵が笑っている。

「もう、よいではないか」

と、家康が馬上から、手を伸ばした。

「はい。ああ、でも八番を持ってきませんと」

「よいわ、ここにある」

と、家康が懐から薬袋を出してみせた。

「おいで」

「はい」

阿茶はその手をしっかりと握り、馬に跨った。

家康が阿茶の身体を包み込むように大事に抱いてくれている。

目の前には煌めく陽の光に包まれて、雄大な富士の山が姿を現わした。

青空にくっきりと白く雪化粧をした富士に向かって、鷹が飛ぶのが見える。

「よいか、行くぞ」

まばゆい光の中を目指して、馬は駆けていく。

風が心地よく頰を撫でる。

色とりどりの花が咲き乱れる中を馬は走る。

懐かしい草の匂いがする。

もう何も、何も怖いものなどない――。

寛永十四（一六三七）年一月二十二日、阿茶は大往生を遂げた。
その顔は安らかで美しく、微笑みに満ちていた。

完

◎本作は書き下ろしです。

◎本作はフィクションです。

◎現代的な感覚では不適切と感じられる表現を使用している箇所がありますが、時代背景を尊重し、当時の表現および名称を本文中に用いていることをご了承ください。

◎漢方養生は各人の体質により効能が異なります。危急の場合、持病がおありの方、服薬中の方は、必ずかかりつけ医にご相談くださいますよう、お願いいたします。

鷹井 伶（たかい・れい）
兵庫県出身。2013年より小説を上梓。主な著書に『家康さまの薬師』（潮文庫）、『おとめ長屋～女やもめに花が咲く』、『お江戸やすらぎ飯』シリーズ（角川文庫）、『天下小僧壱之助　五宝争奪』（ハヤカワ時代ミステリ文庫）、『番付屋小平太』（徳間時代小説文庫）、『雪の殿様』（白泉社招き猫文庫）など。本作は、漢方養生指導士・漢茶マスターの資格を活かして執筆したものである。趣味は料理、演劇鑑賞。
Instagram　ID @lei_takai

続 家康さまの薬師

潮文庫　た-10

2023年　10月5日　初版発行

著　　者　鷹井 伶
発 行 者　南 晋三
発 行 所　株式会社潮出版社
〒102-8110
東京都千代田区一番町6　一番町SQUARE
電　　話　03-3230-0781（編集）
03-3230-0741（営業）
振替口座　00150-5-61090
印刷・製本　精文堂印刷株式会社
デザイン　多田和博

ISBN978-4-267-02403-0 C0193